TANTE FRIEDAS FREUDE AN BESTATTUNGEN

Sabine Nielsen

TANTE FRIEDAS FREUDE AN BESTATTUNGEN

Erzählung

ihleo verlag

Bibliografische Information der Deutschen Nationalbibliothek

Die Deutsche Nationalbibliothek verzeichnet diese Publikation
in der Deutschen Nationalbibliografie; detaillierte bibliografische
Daten sind im Internet über http://dnb.d-nb.de abrufbar.

In Erinnerung an
Peter Michael Krieckhaus
8.10.1951–27.1.2019
Freund und Mensch

Impressum

Dritte Auflage

© Sabine Nielsen, Wyk auf Föhr 2023
www.sabinenielsen.net

© ihleo verlag, Husum 2023
ihleo verlag – Dr. Oliver Ihle, Schlossgang 10, 25813 Husum
info@ihleo.de, www.ihleo-verlag.de

Umschlagabbildung: Friesische Beerdigung © Hannes Mercker

ISBN 978-3-940926-69-2

Kürzlich fuhr ich eine Landstraße entlang. Sie dehnte sich schier endlos in die Ferne, am Straßenrand von Bäumen gesäumt, dahinter Raps- und Weizenfelder, so weit das Auge reicht. Ich war auf dem Weg zu einem Ort, dessen Namen mir genauso entfallen ist wie der Grund für meine Fahrt.

Seit einiger Zeit betreibe ich einen Botendienst. Auf den Flyern, die ich in müßigen Momenten auch in Briefkästen werfe, entlang Straßen, deren Unbekanntheit mir seltsam tröstlich erscheint – hier werden Leben gelebt, die ich mir in ihrer Vielfalt nur vorstellen kann –, auf diesen Flyern steht: „Ich besorge Ihre Besorgungen!" Ich biete mich an als seine Art Kümmerin: Ich hole Vergessenes ab und bringe es zurück zu seinen Besitzern. Manchmal befördere ich Wichtiges – Dokumente oder Formulare – an Adressen, die sich über ganz Nordfriesland verbreiten. Aber lieber sind mir die persönlichen Aufträge: eine Brille, die ein Klubmitglied beim wöchentlichen Kartenspielen vergessen hat, oder eine im Ausflugsrestaurant zurückgelassene Jacke. Ich hole Schuhe von der Reparatur ab oder transportiere einen Geburtstagskuchen, der einen Enkel an seinem Freudentag überraschen wird. Oft begleite ich ältere Damen zum Friseur oder zur Fußpflege. Einmal musste ich einen Papagei kutschieren. Der Besitzer wollte verreisen und der Papagei sollte derweil Unterkunft bei Freunden finden. Drei Stunden verbrachten wir gemeinsam im Auto. Es war eine anstrengende Fahrt. Der Papagei saß in seinem Käfig auf dem Vordersitz und schnatterte in einer Tour, machte mich auf vermeintliche Sehenswürdigkeiten aufmerksam, kommentierte meine Fahrweise und fütterte mir Wissenswertes, das er im Laufe seines langen Lebens aufgesammelt hatte. Ich war froh, als ich ihn abgeliefert hatte und in aller Stille zurückfahren konnte.

Das liebe ich an meinem Beruf: die Stille, die nur vom Geräusch der Motoren oder des Verkehrs untermalt wird. Ist es warm, öffne ich die Fenster und lasse den Fahrtwind um meine Ohren rauschen. Wenn ich fahre, können meine Gedanken fliegen, wohin sie wollen, bis früher oder später eine Ampel, eine Umleitung oder die Suche nach einer bestimmten Straße oder Hausnummer meine Aufmerksamkeit in Anspruch nehmen.

Ich liebe es, wenn ich aufs Land fahren muss. Ich sehe Vogelschwärme auffliegen, Wolkengebilde vorüberziehen oder entdecke mir unbekannte Dörfer, urige Wirtshäuser oder versteckte Galerien, die mein Mann und ich dann am Wochenende vielleicht besuchen. Ich fahre auch gern einen Auftrag in die nächstgelegene Stadt. Da erfreut mich das bunte Gewimmel der Leute, die alle auf dem Weg irgendwohin sind, das Gewirr der Gebäude, der vom Menschen erzeugte Lärm.

Abends bin ich dann froh, wenn ich wieder die weite Marsch vor mir sehe, die nur vom Blöken der Schafe, dem Kreischen der Möwen und dem Surren der Windräder übertönt wird.

Mein Mann konnte erst nicht verstehen, warum ich meinen Platz im Vorzimmer seiner Anwaltspraxis aufgab. Aber ich empfand die Ernsthaftigkeit, die sich im Büro ausbreitete, sich wie Staub auf die Akten, den Bildschirm des Rechners, die Porträts seiner Vorfahren – auch alle Anwälte und Notare – legte, einfach unerträglich. Die gedämpften Stimmen seiner Klienten, die leise besprachen, wie sie ihr Anliegen meinem Mann am besten vortragen könnten. Die Briefe oder amtliche Schreiben nervös in ihren Händen kneteten oder Zettelchen aus Handtaschen kramten, auf denen sie sich Notizen gemacht hatten, die ihren letzten Willen betrafen. Die gestelzten Worte, die Freundlichkeit, die ich mir des Morgens auftrug wie eine Maske, das eintönige Klicken der Tastatur, auf der ich ernsthafte Schreiben verfasste. Ich musste raus. Ich wollte mit echten Menschen zu tun haben, deren Anliegen mich nicht tief treffen konnten. Der kurze Austausch an der Haustür, die Übermittlung des Auftrags, ein Gespräch über das Wetter oder den Enkel, ein kurzes Lächeln – das war es, was ich suchte. Ja, meine Botengänge in dem eigens dafür angeschafften Caddy erlauben mir, tagsüber zu entfliehen – ins Unbedeutende. Während unserer abendlichen Deichspaziergänge erheitere ich meinen Mann mit kleinen Anekdoten oder Beobachtungen des Tages, und er, der stundenlang in den vier Wänden seiner Kanzlei eingeschlossen war, lacht dann mit mir und alles scheint leichter, sorglos und vergänglich.

Und dann traf ich auf dieser Landstraße mit ihren sanften Kurven einen Leichenzug, der mir entgegenkam. Er bestand aus einer langen Reihe von Automobilen, die mit abgeblendeten Lichtern an mir vorbeischwebten wie silbergraue Schatten. Da sie nun schon die Landstraße erreicht hatten, fuhren sie recht zügig, die Trauerflorbändchen, die an Bug, Heck oder Seitenspiegeln befestigt waren, wehten flott im Wind. Hinter den verdunkelten Fenstern der Strecklimousine, die den Zug anführte, sah ich verschwommen die Gesichter der nächsten Hinterbliebenen. Der Fahrer, mit steinernem Gesicht, blickte starr voraus – Gespräche, die über einen langen Seufzer hinausgingen, ausschließend. Es war eine lange Prozession, mindestens zwanzig Autos verschiedener Marken und Schattierungen folgten dem Leitwagen. Die teuren Wagen der besser situierten Trauernden an der Spitze; die billigeren Automarken der weniger wohlhabenden Verwandten und Bekannten stellten das Schlusslicht.

Ach, wie anders waren die Bestattungen meiner Kindheit!

Keine schwarzen oder silbernen Limousinen mit schnurrenden Motoren, in denen die Verschiedenen diskret, fast unbemerkt, aus dem Leben entschwinden; die Trauernden verborgen hinter gefärbten Scheiben – ungesehen und nicht sehend; ein Trauerzug, der im Nu an einem vorbeihuscht, ohne dass man feststellen kann, wer da zu Grabe getragen wird und wer das Geleit stellt.

Die Bestattungen meiner Kindheit waren grandios. Unsere Verstorbenen begingen ihre letzte Reise in Würde — auf einer Kutsche, die einem Himmelbett auf vier riesigen Wagenrädern glich, schaukelten sie sanft zum Ort ihrer endgültigen Ruhe. Die vier schlanken Säulen der Kutsche von Trauerflor umwunden, an denen Quasten mit puscheligen Troddeln sich leise wiegten. Der glänzende, schwarze Sarg thronte hoch oben, gekrönt von Kränzen und Blumen. Weiße Schleifen mit schwarzem Schriftzug bezeugten letzte Grüße. Ein schwebendes Dach von schwarzem Samt beschützte den Reisenden — erlaubten weder Regentropfen noch der blendenden Sonne, den ewigen Schlummer zu stören. Auf dem Bock der Kutscher in einem langen, schwarzen Umhang, die Zügel in seinen steten Händen ruhend. So stellte ich mir als Kind immer die Totenwächter vor, die die Himmelstore eifersüchtig bewachen und diejenigen, die Einlass begehren, einer strengen Kontrolle unterziehen.

Am besten gefielen mir die Pferde. Vier gestriegelte Hengste neigten ihre feinen Köpfe, geschmückt mit schwarzen Federn, im Takt schlugen ihre umhüllten Hufe auf den Asphalt. Die langen Schweife der Tiere so sorgfältig gebürstet wie die Anzüge der Begleiter, die zu zweit auf beiden Seiten der Kutsche marschierten. Ledernes Zaumzeug, polierte Zylinder und seidene Armbänder, das eine so makellos wie das andere. Menschen und Tiere im Gleichschritt.

Wir, die Kinder und die nicht direkt Beteiligten, säumten den Fußweg. Die Männer zogen ihre Hüte, schweigend ließen wir den Zug passieren.

Ja, die Begräbnisse meiner Kindheit waren Ereignisse. Ausgeklügelte Inszenierungen, Schauspiele, die nie ihre Zuschauer zu beeindrucken verfehlten, die den Verkehr zum Stillstand brachten und unsere Aufmerksamkeit beanspruchten. Sie waren der Dahingegangenen ihr Schwanengesang – das große Finale, das dem Leben würdigt. Und wie bei einer Zirkusparade, in der die Artisten, die Trapezkünstler, die Tierzähmer, die Jongleure und schließlich die Clowns an uns vorbeiziehen, so warb auch das Geleit der Trauerbegleitung um unsere Beachtung und unsere Anerkennung. Eine trauernde Witwe, geknickt, aber nicht niedergeschlagen. Ein vom Schmerz gezeichneter Witwer, der aufrecht seinem Schicksal die Stirn bietet. Ihnen zur Seite ihre Nächsten – alle in ihrem feinsten Schwarz. Die Männer tragen stolz ihre frisch gewichsten Zylinder. Dann die Angehörigen – überlebende Geschwister, dem Alter nach geordnet, und die weiteren Verwandten. Die Anzahl der Kinder, Enkel und Urenkel wird gebührend quittiert – eine reichliche Nachkommenschaft ist lobenswert.

Als Nächstes kommen die von Rang und Stand: Ein Bürgermeister in der Trauergemeinde ist natürlich begehrt, ein Major i. R. oder sonstige Würdenträger tun's aber auch. Dann sind da die Verwandten und Bekannten, die auf dem Schiff vom Festland her

angereist sind. Einige sind extra aus Amerika einge-
flogen! Diese werden am nächsten Tag in unserer
Zeitung namentlich erwähnt – wir sind immerhin
stolz auf unsere Insulaner, die uns als junge Männer
und Frauen verließen, um in Amerika ihr Glück zu
suchen. Damals, kurz nach dem Krieg, zogen viele
aus in diese neue Welt, und heimlich sind wir ein
wenig neidisch auf all das andere, den Reichtum,
die vielen Möglichkeiten, die ihnen zuteil wurden,
während wir uns hier recht und schlecht dem Wie-
deraufbau widmeten.

Und nun kommen die Reihen der Freunde und
Nachbarn, der Kollegen und Vereinsbrüder und
Schwestern. Unter ihnen finden sich auch verschie-
dene Uniformen: Vertreter der Freiwilligen Feuer-
wehr, der Handwerker Gilde, des Landfrauenver-
eins oder des Deutschen Roten Kreuzes. Mitglieder des Gesangs-, Schützen- oder Turnvereins, der
Ringreiter, der Seniorenliga der Tennisspieler oder
des Kegelklubs – alle nehmen sie teil. Die dort in
Fünferreihen vorbeischreiten, repräsentieren das
Who's who des Verblichenen. Die Anwesenheit der
Trachtentanzgruppe, des Posaunenchors oder des
Automobilklubs (deren Mitglieder sich zweimal
im Jahr auf Rallyes messen) zählen mehr als das,
was der Pastor uns später in seiner Ansprache über
den Toten vermitteln kann. Der Leichenzug ist ein
Spiegel eines Lebens, nun vollbracht. Ein Leben, in
diesem Moment gefeit von Geschwätz und Klein-
lichkeiten, Klatsch oder gar übler Nachrede. Bis die

Prozession an uns vorbeigezogen ist, vergessen wir ausstehende Rechnungen und alte Schulden, Eifersüchteleien, Neid, Groll und Beleidigungen – sogar mögliche moralische Entgleisungen oder Seitensprünge. Stattdessen zieren wir unsere geflüsterten Bemerkungen mit positiven Adjektiven, hasten, Lob zu äußern, biegen die Wahrheit mit hübschen Erinnerungen – denn wollen wir selbst nicht ähnlich aus diesem Leben scheiden? Nicht unsere Fehler wollen wir erinnert wissen, sondern unsere guten Taten. Wissen wir nicht von der Parabel des Nadelöhrs, durch das sich zu quetschen es gilt? Von der überaus scharfen Inspektion, der wir Sünder unterzogen werden, bevor die Schranken zur anderen Welt sich heben? Das letzte Gericht erwartet uns alle; wie wir abschneiden werden, gilt abzuwarten. Für den Moment behalten wir alles Weitere für uns, warten, bis wir nach der Beerdigung zur Kaffeetafel eilen, wo wir mit den Hüten und Handschuhen auch unsere Hemmungen ablegen. Erst im Flüsterton, später, wenn uns die Zungen durch den Kaffee oder auch etwas Stärkeres gelöst sind, etwas lauter diskutieren wir die Eigenschaften des Entschlafenen in allen Einzelheiten. Dann lassen wir unseren Erinnerungen freien Lauf und graben manche pikante Einzelheit aus, die nun dem Toten eine Gestalt gibt, die dem Lebenden immerhin ähnelt.

Oft schien es mir, als ob unsere Leben ein offenes Buch seien. Als ob alles, was wir taten, egal ob es in der Öffentlichkeit oder hinter verschlossenen

Türen stattfand, von irgendjemanden beobachtet und genauestens notiert würde. Wenn ich manches Mal erstaunt fragte: „Woher wisst ihr das?“, kam die knappe Antwort: „Das *weiß* man hier.“

Aber der Klatsch, der Tratsch, dem wir uns nun mit Genuss hingeben, stört niemanden mehr. Der Heimgegangene liegt nun ja inzwischen unter Kubikmetern Erde begraben, die Seele ist längst entflogen, was immer wir nun aussprechen, kann nicht mehr schaden. Und Gott hört eh nicht mehr zu, ist inzwischen anderweitig beschäftigt.

Der Gott meiner Kindheit hatte bei uns eine Stellung, die dem preußischen König oder der Regierung in Berlin gleichkam. Beide lenkten uns aus der Ferne und erließen Gesetze, ohne wirklich von uns oder unseren Belangen zu wissen. Wir lebten auf unserer kleinen Insel, mitten in der Nordsee, abgeschnitten vom Festland, umgeben vom eigengesetzlichen Meer, ausgeliefert den Launen der Natur. Oft genug wurden wir von Sturmfluten heimgesucht, die Deiche durchbrochen, Strände überflutet, Menschen und Besitz bedroht, unser Land geraubt. Wir hatten gelernt, Gunstbezeugungen weder von Berlin noch von oben zu erwarten. Auf uns gestellt, boten wir zusammen allen Gefahren die Stirn, mit den Mitteln, die uns zur Verfügung standen.

Unsere Bestattungen waren grandios, und unter den Grandiosen da schritt meine Großtante Frieda. Eine kleine, etwas rundliche Person, ganz in Schwarz gekleidet. Ein flacher, schwarzer Strohhut, nur mit einem Hauch von Tüll dekoriert, schwebte auf ihrem Kopf, ein weißes Spitzentaschentuch lugte aus ihrem Ärmel. Man sah sie stets in den ersten Reihen: den Witwer unterstützend, die Witwe beschützend. Sie hielt die Kinder in Schach, repräsentierte abwesende Verwandte oder vertrat erkrankte Bekannte. Sie kam als Abgesandte für des Verstorbenen bevorzugte Wohltätigkeit: der Kriegsgräberfürsorge, der Arbeiterwohlfahrt oder dem Bund der Heimatvertriebenen und Enteigneten. Es wurde gemunkelt, dass sie gar einmal für eine Genossin der Kommunistischen Partei eingesprungen sei, die der ungünstigen Fährverbindungen wegen selbst nicht hatte kommen können. Als ich sie später danach fragte, funkelten ihre Augen amüsiert, aber ihr Zeigefinger tippte gegen ihre gespitzten Lippen: Sie wollte nichts verraten. Ich beharrte und fragte meinen Vater, der lachte laut und meinte: „Wenn du von deiner Tante Frieda sprichst, der traue ich alles zu!"

Da war ich schon etwas älter, es waren die 6oer-Jahre und es fing an mit den Protesten und Demonstrationen: gegen den Krieg in Vietnam und gegen Staatsgewalt, für die freie Liebe und Flower-Power.

Frieda beobachtete das alles mit Begeisterung und bedauerte, dass sie zu alt war, um aktiv daran teilzunehmen. Ich glaube, wenn Großtante Frieda in England oder den USA anstatt auf unserer kleinen Insel geboren worden wäre, dann hätte sie sich den Suffragetten angeschlossen und wäre mit ihnen auf die Barrikaden gestiegen, um sich für die Rechte der Frauen einzusetzen.

Wie auch immer, Frieda gehorchte stets dem Ruf eines Trauerzuges, sollte der in die Zeit ihrer vierteljährlichen Besuche auf unserer Insel fallen. Manchmal kam sie sogar außerhalb ihrer gewöhnlichen Zeit, wenn sie von einem Todesfall erfuhr. Sie sah es als ihre Pflicht an, die Entschlafenen durch ihre Anwesenheit zu ehren.

Sie war dabei, wenn der Leichenwagen vorm Hause des Verstorbenen vorfuhr. Wenn der Sarg geladen und die Blumen und Kränze arrangiert wurden. Nicht selten war sie es, die der Trauergemeinde das Zeichen gab, sich nun aufzureihen. Wenn dann die Glocken erklangen, die den Zug begleiten würden, bis er bei der Kirche eintraf, schnalzte der Kutscher leise und die Pferde zogen an, die mächtigen Räder drehten sich und auch die Menschen setzten sich in Bewegung.

Und ich, die Zuschauerin am Straßenrand, konnte nie so eine Prozession beobachten, ohne die Vorstellung zu unterdrücken, dass jeden Moment das Gespann mit bebenden Nüstern, angespannten Muskeln und gestreckten Sehnen plötzlich ausbrechen könnte, um in einem zügellosen Galopp an der Kirche vorbeizupreschen. Den entrüsteten Küster unbeachtend, die Hufe vom Erdboden hebend, rasen sie aufwärts. Der Kutscher mit geblähten Wangen und Rockschößen wie Flügeln lässt ihnen freien Lauf und sie entschweben in die Wolken, in den endlosen Himmel und vermutlich in das, was wir Sterblichen als Paradies bezeichnen. Und ich stelle mir Frieda vor, die sich freudig aus der entgeisterten Menge hebt, um wie eine schwarze Krähe fliegend die Ausgebrochenen zu begleiten.

Tante Friedas Besuche auf der Insel sind in den Imitationsleder-Alben festgehalten, in denen die Familienfotos kleben. Diese Alben bieten ein äußerst zuverlässiges Protokoll unseres Familienlebens. Sorgfältig gesammelt und gehütet von meiner Mutter. In den ersten Bänden findet man winzige Vierecke, schwarz-weiße Fotografien mit akkurat gezackten Rändern. Spätere Bände sind mit Farbfotografien auf Hochglanzpapier gefüllt (meine Familie hielt nie viel von kraftlosen Reproduktionen in Seidenmatt). Und hier findet man die regelmäßigen Nachweise von Großtante Friedas Beteiligung an unseren Leben und unserem Sterben. Ihre Besuche sind ein fester Teil meiner Kindheitserinnerungen – Rituale, gleichgestellt den jährlichen Weihnachtsfesten oder den wiederkehrenden Vorbereitungen für die Osterzeit.

Kürzlich kam mir ein Foto in die Hand, das an meinem ersten Schultag, der damals ja gleich nach Ostern stattfand, aufgenommen wurde. Dieser wichtige Tag war überschattet vom Tode meines Großvaters, der nur eine Woche zuvor verstorben war. Da steht Tante Frieda, adrett in einem dunklen Frühlingskostüm mit einer weißen Bluse, breit lächelnd. Meine Mutter, man sieht sie nur im Halbprofil, versucht, mich an einer Hand aus dem Kamerawinkel zu ziehen. Vielleicht hat die Lehrerin schon in ihre Pfeife geblasen, die uns von nun an und für die nächsten vier Jahre auffordern wird, uns aufzureihen und still zu stehen. Obwohl leicht verschwommen, erkennt man, dass meine Mutter verärgert ist.

Und jetzt erinnere ich mich: Die Schultüte, die ich fest mit meinen Armen umklammere, die aussieht wie ein übergroßer, umgekehrter Hexenhut, deren Spitze fast den Boden berührt, ist bis obenhin gefüllt. Obwohl alle Kinder an ihrem ersten Schultag mit einer Schultüte beschert werden, hatte meine Mutter diese Frivolität in Hinsicht auf unseren Trauerfall für unpassend gehalten.

„Papperlapapp!", hatte Tante Frieda ausgerufen, als ich zu ihr gelaufen war, um ihr diese Ungerechtigkeit zu unterbreiten. Natürlich hatte ich Opa auch liebgehabt, aber musste denn sein Dahinscheiden meinen großen Tag verderben? „Papperlapapp und Tütteletüt!", wiederholte Tante Frieda, ein Glück aber nicht in Mutters Hörweite. „Der Tod darf kleine Kinder nicht ins Elend stürzen."

Und sie rettete den Tag für mich, indem sie mir die größte Schultüte, die sie hatte finden können, überreichte. Eine wunderbare Tüte aus grün und golden glitzernder Folie, mit Crêpe und Schleifen und zum Platzen gefüllt – nicht nur mit Leckereien, auch Buntstifte, ein Zeichenblock und ein Micky-

Maus-Heft steckten darin. Unnötig zu wissen, dass meine Mutter nicht viel von Micky-Maus-Heften hielt.

„Diese Tüte überreiche ich dir mit den besonderen Wünschen deines Großvaters", sagte Frieda ernst und warf meiner Mutter einen herausfordernden Blick zu.

Auch wenn ich Fotos aus meiner Jugendzeit betrachte, taucht Tante Frieda regelmäßig auf. Juni 1964: Gedenkfeier eines Matrosen, der unerklärlicherweise über Bord ging und ertrank. Dies war eine Zeit, an die ich mich niemals ohne ein leichtes Unbehagen erinnern kann. Die Erwartungen, die wir damals vom Leben hatten! Die Hoffnungen, die sich in einem Moment zerschlagen konnten, nur weil der Angehimmelte einen links liegen ließ. Die ständige Sorge um das Aussehen und die Figur. Die Launen, deren Skala von himmelhochjauchzend zu todbetrübt reichte. Die Kämpfe, die ich mit meiner Mutter ausfocht, die weder Zeit noch Geduld für Pickel, zu knochige Knie, fettige Haare – mit denen man nichts, *nichts*, anfangen konnte – oder Liebeskummer hatte. Und nun sehe ich meine Großtante Frieda vor mir, die sich aus dem Lehnstuhl erhebt, in dem sie gerade die druckfrischen Traueranzeigen verdaut hat, und mich mit einem Lächeln begrüßt, das die Fältchen und Sommersprossen in ihrem Gesicht tanzen lässt. Es war im November 1965, am Volkstrauertag, und ich erscheine in einem besonders schlechtsitzenden Plisseerock und einer Art Jackett, das meine Mutter für mich geändert hatte. Das war die Zeit, als alle meine Freundinnen schon einen ansehnlichen Busen vorzeigen konnten, meine eigene Brust aber noch unsichtbar war. Jedoch Tante Frieda hatte immer einen Rat zur Hand. Sie richtete sich stolz auf und bemerkte:

„Als ich in deinem Alter war, sah ich aus wie ein Waschbrett. Und dann, ganz plötzlich – war er da."

Ich sah mir ihr Twinset genauer an und bemerkte zum ersten Mal die stattlichen Wölbungen unter dem fein gesponnenen Pullover.

„Merk es dir", sagte sie, „gut Ding will Weile haben."

Im März 1966 nahm sie an der Beisetzung eines Schulfreundes meines Vaters teil, vorzeitig von einem Krebsgeschwür weggerafft.

Frieda und ich verbrachten einen friedlichen Nachmittag, an dem sie zum Kamm griff und mir mein dünnes Haar toupierte, bis es aussah wie ein Vogelnest.

„Deine Figur", schärfte sie mir ein, „ist so, wie sie ist. Die kann man nicht ändern. Es kommt nur darauf an, sich *vorteilhaft* zu kleiden und frisieren."

Frieda selbst war stets vorteilhaft gekleidet. Sie griff zu dem Stapel von Illustrierten, die sie immer als Reiselektüre bei sich trug – *Die Bunte*, *Frau im Spiegel*, *Constanze*, die auch meine Mutter sich in ihrer Mittagsstunde gern ansah. Schon bald waren wir vertieft, verglichen Kleiderstile, überlegten, was vorteilhaft sei und was nicht. Ich dachte nie darüber nach, wo Tante Frieda ihre Kenntnisse gesammelt hatte. Es schien mir natürlich, dass jemand, der unsere Insel im zarten Alter von siebzehn Jahren verlassen und sich in der Großstadt auf sich allein gestellt durchgeschlagen hatte, Bescheid wusste.

Für Frieda bedeutete das Sterben nicht gleich Trauer. Im Gegenteil, der Tod gab ihr die Gelegenheit, in den Erinnerungen zu schwelgen, die sie das „kostbare Muster des Lebens" nannte. Ähnlich wie jemand, der strickt, reihte sie Masche an Masche, ließ das Leben des Heimgegangenen wie ein vollbrachtes Werk vor uns erscheinen. Sie hob längst vergessene Einzelheiten auf, bezauberte uns mit Anekdoten, koppelte die Gegenwart an die Vergangenheit und vergaß nie, auch „geschichtlich bewiesene Fakten" einzublenden. Manchmal stelle ich mir Frieda als eine Art Buchhalterin Gottes vor, ihre Mission, akribisch genau Soll und Haben gegeneinanderzustellen. Sie war die erste Person, die ich kannte, der nichts daran lag, eines Menschen Fehler oder Taten zu verschönern oder gar zu vertuschen.

„Toten nichts Schlechtes nachsagen – papperlapapp. Vergiss nie", sagte sie zu mir, „wir sind Wesen auf dem Wege, uns zu bessern. Keiner von uns ist perfekt – durch unsere Fehler und Unachtsamkeit lernen wir. Wie sonst?"

Wenn sie mal wieder an einer Bestattung teilgenommen hatte, unterhielt sie uns hinterher für Stunden mit ihren Beobachtungen. Und sie beschränkte sich nicht auf die Beerdigungen, die hier auf unserer Insel stattfanden. Wenn sie in die Stadt zurückkehrte, in der sie lebte, nahm sie sogar an Begräbnissen völlig Fremder teil. Sei es, dass ein Name in einer Traueranzeige sie gelockt hatte oder dass sie zufällig auf einen Trauerzug traf, dem sie sich dann anschloss. Egal ob der Tote arm oder reich gewesen war, eine Beisetzung verdiente ihre Anwesenheit!

Bei ihrem nächsten Besuch schilderte sie dann, was sie erlebt hatte, ähnlich wie jemand anderes vielleicht einen Besuch im Theater, einen Ausflug in ein gutes Restaurant oder einen Sommerschlussverkauf erörtert. Sachkundig verglich sie die verschiedenen Leichenbestatter und bewertete sowohl die Grabreden wie die Qualität des Leichenschmauses. Sie kannte sich mit Gärtnereien und Blumenlieferanten aus. Sie resümierte über die Tauglichkeit unterschiedlicher Pastoren und Laienprediger. Sie beschrieb Kirchen und Bestattungsinstitute. Einmal begleitete sie einen Zeugen Jehovas auf seinem letzten Weg, und so erfuhren wir von dem „Königreichssaal". Letzterer geisterte lange durch meine Vorstellung. Ich sagte zu meiner Mutter, auch ich würde am liebsten in einem Königreichssaal bestattet werden.

„*Dumm Tüch*", murmelte meine Mutter, die sonst selten ins Plattdeutsche verfiel.

Meine Puppen waren geduldiger. Sie ließen sich in dem eigens dafür errichteten Saal, der Königen und Königinnen Ehre gemacht hätte, in aller Würde aufbahren und erlaubten mir, sie in Schuhkartons zu Grabe zu tragen, die ich mit selbstgebundenen Blumenkränzen schmückte. Tante Frieda stellte gern das Trauergeleit.

Weil sie so eine untadelige Trauernde war, wurde sie in die verschiedensten Stuben und Häuser geladen, wo Menschen ihr das Herz ausschütteten – weil es oft leichter ist, sich einem Außenstehenden oder gar Fremden anzuvertrauen. So erfuhr sie manch Wissenswertes, das sie uns später weitergab. Während sie Tee oder Kaffee und Butterkuchen herumreichte, fing sie manchen Klatsch auf. Mit dem Geschirrtuch, mit dem sie eben noch in der Küche feuchte Tassen entgegengenommen hatte, trocknete sie Tränen. Sie übernahm auch den Türdienst für ein Familienmitglied, das von Schmerz überwältigt nicht länger die Blumengestecke und Beileidskarten in Empfang zu nehmen in der Lage war.

Im Laufe der Zeit, in der sie an Hunderten von Begräbnissen teilgenommen hatte, bildete sie sich eine klare Meinung zu der rechten Zeit zum Sterben.

„Die beste Zeit zu sterben", hörte ich sie zu meiner Großmutter sagen, „ist entweder im Frühjahr oder im Herbst." Das Frühjahr, erklärte sie, ist für alle wahren Gläubigen: Kirchgänger und die, die in Eile sind, neu zu beginnen, und die, die eine christusähnliche Auferstehung planen. Während ein Dahingehen im Herbst auf einen Menschen hindeutete, der mit sich selbst und seinem Leben ins Reine gekommen war.

„Ein Tod im Herbst kennzeichnet für mich: Ein reiches, gesegnetes Leben ist nun abgeschlossen", sagte Tante Frieda und nickte bedeutsam. „Das ist ein Mensch, dem es gegönnt ist, in Frieden zu ruhen, zu rasten nach des Lebens Müh' und Plag'."

Einst starb ein nobles Mitglied unserer Gemeinde mitten im Sommer, gefällt von der heißen Mittagssonne, in der er sein Feld gepflügt hatte.

„Aber wer stirbt denn mitten im Sommer?", rief Frieda aus. Sie hatte das Begräbnis verpasst, da es in die Zeit ihres jährlichen Sommerurlaubs im Gebirge fiel. Und ich musste ihr zustimmen. Wer würde so dumm sein zu sterben, wenn die Tage endlos sind, die Sonne scheint, das Meer blau leuchtet und die langen Sommerferien uns vom Schulbesuch befreiten?

Friedas größte Verachtung galt einem Tode mitten im Winter. Wenn die Totengräber die vereiste, gefrorene Erde aufschlagen mussten und die Trauernden vor Kälte, nicht Gram, zitterten.

„Vom warmen Bett ins kalte Grab? Die Seele im Eis eingefroren, bis endlich das Tauwetter kommt?"

Frieda schüttelte sich herzhaft. Dann erzählte sie mir, wie einst, vor langer Zeit, die Bewohner unserer Insel ihre Verschiedenen in ihren Särgen im Dachboden aufbewahrten, bis die Erde aufgetaut und bereit gewesen sei, sie freundlich zu empfangen. Der Gedanke, die Toten so nah zu den Lebenden zu wissen, störte weder sie noch mich. Meine Großtante hatte mich gelehrt, dass Sterben ein normaler Teil unseres Lebens ist und dass man sich damit mit so viel Neugier beschäftigen dürfe, wie man in eine Hochzeit oder die Geburt eines Kindes investiert. Und tatsächlich, ihre Freude an Bestattungen überschattete nicht ihr Interesse an den Lebenden.

Mindestens viermal im Jahr begab Frieda sich auf die umständliche Reise, die sie zu uns brachte. Sie nahm immer den Zug und musste mehrere Male umsteigen, bevor sie den Dampfer besteigen konnte, der sie über die Nordsee brachte. Ließen wir uns am Abend ihrer Anreise zu einem üppiger als normalem Abendmahl nieder, unterhielt sie uns zwischen Eiersalat und Landrauchschinken, Holsteiner Mettwurst und Deichkäse mit ihren Reiseberichten.

Hörte man Frieda zu, dann merkte man schnell, dass ungeahnte Gefahren auf den naiven Reisenden warteten: Taschendiebe lungerten auf den geschäftigen Bahnsteigen; Diebe strichen herum, um sich unbeaufsichtigten Gepäcks zu bemächtigen, und Bettler und Hausierer belästigten die, die auf den einfahrenden Zug warteten.

Aber Frieda meisterte all diese Tücken. Auch war sie nie lang allein. Immer traf sie eine Person, deren erschreckendes Schicksal ihr Mitleid erweckte und ihre Reise bereicherte. Mal war es eine schleichende Krankheit, die jemanden befallen hatte; dann eine arme Witwe, die einem Betrüger in die Hände gefallen war, der sie um ihre Ersparnisse gebracht hatte; oder ein junger Mann, der von seiner Liebsten verschmäht nun die Einsamkeit suchte.

Und sie war die verschworene Verbündete aller Schwarzfahrer. Die blieben ihr nie verborgen, ganz egal wie glaubwürdig sie Tiefschlaf heuchelten oder in ihren Koffern wühlten oder versuchten, sich auf der Toilette zu verstecken, wenn der Schaffner sich näherte. Bemerkte Frieda Aktivitäten, die auf Schwarzfahrer hinwiesen, verwickelte sie die Schaffner mit Fragen über Reiserouten zu selten gewünschten Reisezielen in lange Verhandlungen. Sie wusste von Orten, die nur durch komplizierte Umsteigereien erreicht werden konnten und die überforderte Bahnbeamte nötigten, dicke Fahrpläne zu wälzen. Oder sie beschwerte sich langatmig über die kleinliche Bürokratie der Deutschen Bahn, die Fahrgäste zwang, schwer beladen mit Gepäck von einem Bahnsteig zum nächsten zu hasten, um einen Anschluss innerhalb weniger Minuten zu erreichen. Sie schimpfte über lange Wartezeiten auf zugigen Stationen, auf denen die Toiletten verschlossen waren und das Personal unhöflich auf Anfragen reagierte. Wenn sie es dann geschafft hatte, den schwitzenden Schaffner abzulenken, zwinkerte sie dem Schwarzfahrer zu. Ein Zeichen für den, sich an dem Uniformierten vorbeizuschleichen, in die Richtung, wo die Fahrkarten schon überprüft worden waren. Frieda fand gar nichts dabei an diesem Betrug – immerhin *arbeitete* der Mann ja nur für die Bahn, sie gehörte ihm ja nicht. Und er, genau wie jeder andere Arbeiter, war eh ein Opfer derjenigen, die sie *die Kapita-Listen* nannte. Die Bezeichnung war mir zwar unbekannt, aber ich hörte die Silben „Listen" und reimte mir das Meine zusammen. Listen – das war etwas Unangenehmes. Unsere Lehrerin führte Listen über jedes kleinste Fehlverhalten; jede Ungezogenheit in Wort oder Tat; jedes vergessene Tafelschwämmchen (damals benutzen wir noch Schiefertafeln im Schreibunterricht) oder Turnhemd; jede schlechte Note. Auf diese Listen berief sie sich, wenn es zu den Zeugnissen oder Elternbesprechungen kam. Anscheinend unterlag auch das Bahnpersonal einem ähnlichen System von Listen und wurde damit von den Vorgesetzten in Schach gehalten. Das überraschte mich, denn bis dahin war ich jedem Erwachsenen in Uniform mit dem größten Respekt begegnet, sie wirkten machtvoll und verkörperten Autorität. Ich nahm Friedas Hinweis auf diese Kapita-Listen zur Kenntnis, genau wie alle anderen nützlichen Informationen meiner Großtante.

Frieda arbeitete in der Stadt in einem der großen internationalen Hotels. Dort hatte sie Gelegenheit, die Höhen und Tiefen des menschlichen Charakters auszuloten. Anstand und Ehrsamkeit sowohl wie Abgründe der Unsittlichkeit konnte Frieda bezeugen.

„Was ich nicht schon gesehen und erlebt habe …", deutete sie manches Mal an, weigerte sich jedoch, vor uns Kindern auf Einzelheiten einzugehen. Es war klar, dass Frieda durch ihr Leben in der Großstadt Erfahrungen gemacht hatte, denen wir hier auf unserer kleinen Insel niemals ausgesetzt werden würden. Aber ich passte auf, vor allem wenn Frieda einen Finger hob und begann, sich über die *Halunken und Schurken* auszulassen, die ihr in ihrem Leben untergekommen waren. Halunken und Schurken – dies waren die Schlimmsten. Frieda traf sie nicht nur in der Stadt, wo sie anscheinend florierten, sondern auch überall sonst, wohin sie sich begab. Dieser Männer bevorzugte Opfer – und hier sank ihre Stimme zu einem Flüsterton – waren junge Frauen bescheidener, aber sittsamer Herkunft. Frauen wie Tante Frieda und ihre Freundinnen, die ihren Unterhalt als Dienstmädchen, Verkäuferinnen oder Putzfrauen verdienten. Schurken und Halunken, erklärte meine Tante Frieda, und *Schwindler* (noch eine Bezeichnung, die sich zu erinnern lohnte) waren Männer, die sich fein anzogen, sich herrschaftlich gebärdeten und hübsch reden konnten. Diese durchtriebenen Kerle jagten junge Frauen!

Ich stellte mir Horden junger, verängstigter Wesen vor, die durch die dunklen, engen Gassen, die in Großstädten oft hinter den Hochhäusern verlaufen, stürzten, durch Hinterhöfe und Kohlenlager. Waren sie aber einmal eingeholt, half ihnen alles nichts.

„Sie erliegen dem Bann dieser Männer", sprach Frieda. Anscheinend verloren diese düsteren Gestalten auch schnell die Lust an ihrem Spiel und verschwanden so je, wie sie aufgetaucht waren. Die Mädels ließen sie zurück mit gebrochenen Herzen, hatten sie doch die Ehe versprochen. Oft hatten diese Halunken vor ihrem Abschied noch kleinere Wertstücke mitgehen lassen – Ringe oder goldene Kettchen, die von vorzeitig verstorbenen Müttern hinterlassen worden waren. Frieda beschrieb die Bösewichte, die sich hämisch an ihrer Beute freuten. Die jungen Frauen, die sie verführt hatten, waren untröstlich und ihrer Unschuld beraubt. Wenn Frieda von „verführt" und „Unschuld" sprach, räusperte meine Mutter sich vernehmlich.

Das mit der Unschuld verstand ich nicht ganz. Es hatte etwas damit zu tun, dass diese leichtsinnigen Männer mit derselben Achtlosigkeit, mit der sie die Frauen um ihre Wertstücke beraubten, auch einfach ihre Kinder zurückließen.

„Aber keine Angst", sagte Frieda und untermalte ihre Worte mit einer geballten Faust. „Diese vaterlosen Wesen werden anständig aufgezogen. Die Makel ihrer schamlosen Väter bleiben nicht an ihnen haften. Ich kenne Frauen, da sage ich euch: Hut ab! Die lassen sich nichts unterkommen."

Meine Mutter errötete und ihre Hände flogen nervös zu ihren Haaren, um lose Strähnchen zu ordnen.

„Aber keine Sorge", schloss Tante Frieda ihren Vortrag mit einem Blick auf uns Mädchen. „Der Mann muss noch geboren werden, der es schafft, eure Tante Frieda hereinzulegen!"

Dieselben Schaffner, die meine Tante, ohne mit der Wimper zu zucken, hinters Licht führen konnte,

sorgten andererseits unermüdlich für ihr Wohlerge-
hen, wenn sie in einem ihrer Züge reiste. Denn die
Schurken, Halunken und Schwindler, die Frieda so
lebendig beschrieb, schreckten nicht davor zurück,
„sich alleinstehenden Damen auf Reisen zu nähern."
Wenn sie es wagten, sich Frieda gegenüber Freihei-
ten herauszunehmen, war da stets ein Schaffner, der
ihr galant zur Hilfe kam. „Fühlt das junge Fräulein
sich von diesem Herrn belästigt?", wurde sie dann
gefragt. Wenn Frieda an diesem Punkt ankam,
spielte ein selbstgefälliges Lächeln um ihre Lippen.
Für einen Moment ließ sie die Worte nachklingen,
sonnte sich unter der Schmeichelei. Dann beschrieb
sie, wie der Beamte ihr hochhalf und sie zu einem
Platz in der Ersten Klasse geleitete, „wo die Dame
vor solch groben Pöbeleien sicher" sei. Traf sie an
ihrem Reiseziel ein, war da immer ein Schaffner zur
Hand, der ihr half, ihren Koffer aus dem Gepäck-
netz und auf den Bahnsteig zu heben, und der einen
Kofferträger herbeipfiff, der ihr Gepäck trug. Wenn
ich heute, unterwegs zu einem Besuch auf die Insel, mit meinen Koffern und Taschen kämpfe – wir
müssen immer noch mehrere Male umsteigen, bevor wir die Fähre besteigen können –, denke ich an
Frieda und ihr Aufgebot an charmanten Helfern –
Schaffnern, Trägern, Matrosen und Gendarmen,
die jederzeit bereit waren, ihr den Weg zu ebnen.

Wir folgten unserer Tante Erzählungen mit großen Augen, während wir uns Dreikorn- oder fei-

nes Weißbrot mit Heringshappen oder gekochtem Schinken in die Münder stopften. Dann rückte unsere Mutter die Butterdose ein bisschen näher zu meinem Vater, um uns Kinder zu erinnern, dass Zurückhaltung bei Tische angesagt sei, und erklärte uns, dass durchtriebene Menschen, wie unsere Tante sie traf, auf unserer Insel nichts zu suchen hätten. Wir waren eine eng verbundene Gesellschaft. Man kannte einander und hielt die Augen offen. Abgeschnitten vom Festland fühlten wir uns sicher vor den Gefahren, die sonstwo lauerten.

„Frisst hier jemand was aus, wird er schnell zur Rede gestellt", sagte meine Mutter und schaute Tante Frieda streng an. „Und sollte hier jemand was anstellen und will sich aus dem Staub machen, dann muss er abwarten, bis die nächste Fähre fährt! Spätestens dann schnappt die Polizei ihn sich!"

Natürlich sagte meine Mutter das, weil sie nicht wollte, dass wir uns ängstigen. Frieda bestätigte ihre Worte mit einem Kopfnicken.

„Ja", seufzte sie, „hier ist die Welt noch in Ordnung. Und überhaupt, jeder kennt jeden, oder?"

Wenn Tante Frieda an dem Punkt ankam, wo sie unsere Welt für in Ordnung erklärte, überkam mich stets ein wärmendes Gefühl der Erleichterung. Ich war froh, dass wir sicher waren, und bewunderte gleichzeitig meiner Großtante Friedas Mut und Überlegenheit.

Dann hatte meine Mutter genug von Schwindlern und Halunken und Rettern in der Not – und bedeutete uns Kindern, den Tisch abzuräumen. Wir gehorchten widerwillig. Wir wussten, dass Frieda weitere Geheimnisse enthüllen würde, wenn sie erst sich, dann meinem Vater eine weitere Tasse Tee eingeschenkt hatte, die sie stets mit einem anständigen Schuss Rum auffüllte. Kandis knisterte im heißen Tee, Zigarettenrauch stieg in Kringeln zur Decke und die Stimmen senkten sich. Meine Schwester und ich eilten zurück, sobald der Abwasch fertig und alles weggeräumt war, aber inzwischen drehte sich das Gespräch nur noch ums Geschäft und war langweilig. Mein Vater unterhielt ein kleines Reisebusunternehmen. Er kutschierte Vereine, die eine Tour aufs Festland unternehmen wollten, bot Gästen Inselrundfahrten oder Kaffeefahrten an oder fuhr Schulgruppen zu Sportfesten. Er bot auch einen Kofferdienst an, holte z. B. Gästegepäck von den Schiffen ab und fuhr es zu den verschiedensten Unterkünften und umgekehrt. Meine Mutter bediente das Telefon für ihn, nahm Anmeldungen entgegen und erledigte die Buchhaltung.

Wenn wir mit unseren Schularbeiten fertig waren, durften wir unseren Vater begleiten, und ich liebte es, mit ihm über die Dörfer zu fahren. Dann glitten die hohen Straßenbäume an uns vorbei, die strohgedeckten Häuser und die stolzen Flügel der Windmühlen. Wir fuhren durch Weizen- oder Haferfelder, durch die endlose Marsch, wo die Kühe im Käuen stoppten und uns nachsahen oder die Schafe auseinanderstoben, wenn wir uns dem Deich näherten. An der Südseite der Insel schimmerte das Meer, und ich rätselte, was die Leute auf den anderen Inseln und den Halligen wohl gerade machten.

Da Tante Frieda selbst in der Tourismusbranche tätig war, beriet sie meinen Vater gern, schlug ihm Ausflugsziele und Gruppenangebote vor, ähnlich derer, die sie an der Rezeption ihres internationalen Hotels angeschlagen sah. Dank Frieda hatte mein Vater auch einen Abholservice für anreisende Trauergäste in sein Programm aufgenommen, der von Hinterbliebenen gern in Anspruch genommen wurde. Wer schon durch halb Deutschland gereist oder gar von Amerika bis Hamburg geflogen war, konnte dort dann in Ruhe und angenehmer Gesellschaft die restliche Reise antreten, ohne sich um Fahrpläne und Sitzplätze im Zug sorgen zu müssen. Mein Vater war ein charmanter Mann, gut belesen und informiert, der sich auf jedem Niveau unterhalten konnte.

Es war meine Gewohnheit, wenn Frieda uns besuchte, nach dem Mittagessen auf ihren Schoß zu klettern. Sie hielt ihr Mittagsstündchen stets auf dem alten Lehnstuhl ab, der meinem Großvater gehört hatte. Ich wusste, dass sie wach war, wenn feiner Rauch hinter den Blättern der Tageszeitung emporstieg. Von der Zeitung geschützt, eingehüllt in Zigarettenrauch und dem dezenten Duft von 4711, flossen Friedas Geschichten ungehindert. Meistens erzählte sie von den guten alten Zeiten, als sie noch auf der Insel lebte und ihren Eltern auf ihrem kleinen Hof half. Anzeigen der verschiedenen Kaufleute, Ankündigungen von Konzerten oder Vereinsveranstaltungen, ein Artikel, der eine Örtlichkeit erwähnte, die Frieda kannte – alles und jedes entlockte meiner Tante eine Geschichte aus ihrer Vergangenheit. Ich merkte schnell, dass das Leben auf der Insel, als Frieda noch hier lebte, brillant und aufregend gewesen war. Es schien mir, dass der Funken, der die Inselmenschen zu außerordentlich kühnen Taten und gewagten Leistungen inspiriert hatte, erloschen war, als Frieda uns verließ. Das Leben war fade, verglichen mit der Vergangenheit. Die Tänze, die sie an Sommerabenden unter den alten Ulmen abgehalten hatten, wo die Ulmenkäfer in die Erdbeerbowle plumpsten, die auf den langen Tischen ausgerichtet war! Die jungen Männer machten sich ein Gaudi daraus, die Käfer den Mädchen von hinten in die weißen Musselinkleider fallen zu lassen, so dass sie laut schreiend in die Schatten der Bäume laufen mussten, um sie abzuschütteln.

Im Winter, wenn der See im Königsgarten fror, glitten die jungen Leute auf ihren Schlittschuhen Arm in Arm übers Eis. Frieda beschrieb die kleinen Muffs wie winzige Schoßhunde, in die sie ihre weißen, kalten Händchen schoben, wenn sie nicht gerade heißen Punsch schlürften.

Den Königsgarten, wo sie getanzt und Konzerten gelauscht hatten, eisgelaufen waren, gab es lange nicht mehr. Der See, zu Ehren des dänischen Königs benannt, wurde trockengelegt. Da, wo einst die jungen Leute an den Punschbuden Schlange standen, stehen heute ordentliche Einfamilienhäuser.

Sie beschrieb die Biikenfeuer, die im Februar auf den Inseln loderten, einem alten Brauch zufolge, der den Winter austreiben sollte. Die Heuwagen, die die Jungs durch Stadt oder Dorf schoben, um Brennbares zu sammeln. Frieda und ihre Freundinnen bastelten die Strohpuppe, den Pidder, der oben auf dem Scheiterhaufen thronte.

„Sehen müssen hättest du mich, wenn das Feuer ausgebrannt war – schwarz, pechschwarz mein Gesicht!" Frieda meinte natürlich die Anzahl der Verehrer, die sich von hinten an die Mädchen heranschlichen, um ihnen ihre rußigen Hände in die Gesichter zu reiben.

Sie erzählte von Sturmnächten, wenn alle ausrückten, um Sandsäcke zu füllen, um die Deiche – und damit die Insel – vor den Wasserfluten zu schützen. Von mutigen Rettungsaktionen, wenn ein Segler in Not geraten war. Von den nächtlichen Wachen, die sie schoben, wenn ein Brandstifter umging und die reetgedeckten Häuser bedrohte. Frieda war mitgegangen auf Treibjagden und konnte eine Ente mit einem Schuss aus dem Himmel holen. Ohne mit der Wimper zu zucken, enthäutete sie Hasen und Kaninchen; wusste, wie man einen Fasanen rupfte oder einen Rehrücken spickte.

„Gib mir heute ein Huhn, Deern, und ich zeig dir, wie man kurzen Prozess mit ihm macht und sonntags einen anständigen Braten auf den Tisch stellt!"

Ich schluckte. Es war Sonntag und wir hatten gerade Brathühnchen gespeist. Ich hatte allerdings unser Sonntagsmahl nicht mit den Hühnern in Verbindung gebracht, die beim Nachbarn fröhlich im Garten scharten. Ich nahm mir vor, sie gut im Auge zu behalten, wenn Frieda bei uns weilte.

Zur Erntezeit ging sie mit auf die Kartoffeläcker – „Manchmal standen wir knöcheltief im Matsch, aber die Kartoffeln mussten ja rein!" – oder sie thronte hoch oben, wenn das Heu eingefahren wurde.

Sie und ihr Bruder, mein Großvater, legten Aalreusen im Watt oder fingen Schollen in den Prielen.

„Man musste geschickt sein, um die wendigen Dinger zu fangen. Stillstehen, aufpassen – und zack, den Fuß rauf und schon hast du sie."

Ich staunte. Sie zeigte mir die Fotos von den Wattenpolonaisen, die sie damals abhielten, und erzählte mit leiser Stimme von den Streichen, die sie sich fürs Tamsen ausdachten; das war am 21. Dezember, wenn ein alter Brauch verlangte, dass die Leute alles, was sich drehen konnte oder irgendwie beweglich war, ordentlich verstauten. Die, die es versäumten, wurden von „bösen Geistern" in der Gestalt der Inseljugend heimgesucht.

„Pforten haben wir ausgehängt und versteckt und alles, was unachtsam rumlag. Da konnte es schon passieren, dass jemand seinen Handkarren am nächsten Morgen auf dem Dach des Feuerwehrgerätehauses wiederfand!" Frieda kicherte in der Erinnerung an ihre Streiche. „Mit dem Ruderboot sind wir los – nach Amrum, auf die Halligen, sogar nach Dagebüll. Klar, das konnte gefährlich werden – und dass du mir ja nicht daran denkst, uns das nachzumachen! Die Strömungen können dich aufs hohe Meer treiben. Aber wir hatten keine Angst und unsere Eltern wussten meist nicht, wo wir uns rumtrieben." Nicht mal der Krieg hatte die Gemüter Friedas und ihrer Freunde getrübt. „Du hättest sie sehen sollen, unsere mutigen Männer! Im schlimmsten Winter seit Menschengedenken, als die See zufror und kein Schiff mehr rüberkam und es nichts mehr zu fressen gab, da sind sie übers Eis gefahren, mit ihren Lastwagen, um das Nötigste hier rüberzuschaffen. Die Männer fuhren und wir Mädels hinten rauf. Auf dem Rückweg trugen wir dann Bündel über Bündel, so viel wir greifen konnten. Und sangen und lachten, um die Kälte zu vertreiben."

Mein Großvater hatte sie mitgenommen in die Großstadt, und sie war angesteckt worden von dem Duft der großen, weiten Welt. Und hatte die Insel verlassen – eine der ersten von vielen jungen Frauen, angetrieben von der Lust auf Abenteuer und dem Mangel an jungen Männern.

„So viele kamen nie zurück", und nun klang sie bitter. Das irrsinnige Sterben junger Männer konnte niemand rechtfertigen. „Verrottet sind sie im

Schlamm Frankreichs, vertrocknet im Staub Afrikas oder erfroren im Eis Russlands. Wir hatten Glück, wenn wir ihre Überreste zurückbekamen und sie begraben konnten. So viele verschwanden ohne Spur. Und dann waren da nicht mehr genug Männer da, mit denen man hätte eine Familie gründen können. Deine Mutter, die hatte Glück. Wir anderen mussten zusehen, wie wir zurechtkamen." Wie um sich abzulenken, kam sie auf die Sänger zu sprechen. „Gesangvereine hat es auf der Insel immer gegeben. Gesang und Musik trösten einen auch über das Schlimmste hinweg. Sogar die, die nach dem Krieg auswanderten, gründeten Gesangvereine, da in Amerika. Alle unsere feinen jungen Männer, die es zurückschafften oder zu jung gewesen waren, um diesem Heuchler mit dem Schnurrbart zu folgen. Was gab's denn noch für sie? Rundherum alles kaputt und nur Schutt. Du hättest damals Hamburg sehen sollen! Aber reich sind sie dort drüben geworden, allesamt, wenn man glaubt, was hier geschrieben steht." Die Zeitung raschelte, als ob sie über sich selbst lachte.

Später hörte ich, dass Friedas eigener Verlobter nach Amerika ausgewandert war. Er hatte sie nachholen wollen, aber sie wartete vergeblich. Er hatte schon auf dem Dampfer, der ihn in die neue Welt entführte, eine andere kennen und lieben gelernt.

Großtante Frieda schnaubte und setzte sich aufrecht. Ihr Hüftgürtel knarrte dezent. Ich erinnere mich, dass es früher Herbst war, und das Sterben auf der Insel war noch nicht in vollem Schwung. Nur eine einzige schwarz umrandete Todesanzeige schmückte die Seite unseres Lokalteils. Aber Frieda hatte ihr noch nicht ihre Aufmerksamkeit geschenkt. Stattdessen erzählte sie mir, wie ihr großer Bruder sie auf den Hamburger Dom mitgenommen hatte.

„Ach ja, dein Großvater, der zeigte mir eine andere Welt, und ich staunte. Ich war ja man ein junges Gör, knapp zwölf Jahre alt. Elektrische Lichter hatten sie, alles leuchtete! Und dann die Buden, die Karussells, die Schausteller ..."

Ich teilte Großtante Friedas Enthusiasmus. Erst im letzten Dezember waren unsere Eltern mit meiner Schwester und mir zum Hamburger Dom gefahren und es war gerade so wunderbar und spektakulär, wie Frieda es beschrieb. Noch heute erinnere ich mich an das Glitzern der Lichter gegen den dunklen Nachthimmel, die vielen Menschen, die schoben und drängten, die Musik, zu der die Karussells sich drehten, die aufheulenden Sirenen der Achterbahn, das Geknalle, das von den Schießbuden kam, wo junge Männer auf Tonröhrchen schossen und ihre Liebsten stolz mit Plastikblumen bedachten, und die Ausrufer, die versuchten, uns in die Geisterbahn oder zum Kauf von Losen zu locken. Der köstliche Geruch von gebrannten Mandeln, Zuckerwatte und Bratwürstchen. Ich war ganz duselig vor Glück.

Und dann kamen wir um eine Ecke und trafen den Weihnachtsmann. Er saß auf einer Art Empore in einem vergoldeten Lehnstuhl, seine glänzenden, schwarzen Stiefel von sich gestreckt, sein roter, pelz-verbrämter Mantel loderte wie eine Flamme um ihn herum. Eine lange Schlange von aufgeregten Kindern wartete darauf, ihm auf den Schoß klettern zu dürfen. Meine Schwester bat und bettelte sofort um eine Visite beim Weihnachtsmann. Meine Eltern seufzten und wiesen auf die lange Schlange, aber Tante Frieda war willig, mit uns zu warten. Also stand ich dort, meine Hand in Tante Friedas, und hüpfte auf und ab, die Kälte kroch mir in den Leib, jetzt da wir uns nicht länger bewegten. Ich hüpf-te und zappelte und versuchte zu erkennen, was für Geschenke der Weihnachtsmann aus dem großen Sack, der neben ihm stand, herauszog. Sein Haar wellte weiß unter seiner roten Kapuze hervor und sein wuscheliger Bart verbarg fast sein Gesicht. Ich überlegte gerade, dass es aussah, als ob sein Bart sich auch über seinen Augen angesiedelt hatte, so kräftig wuchsen seinen Augenbrauen, als mir die Wortfet-zen von den Kindern vor mir bewusst wurden.

„Du kriegst nichts, wenn du gelogen hast", ver-nahm ich, und: „Oder das Kinderzimmer nicht aufgeräumt ... schlechte Schrift ... frech zu deiner Schwester ..."

Ich sah nervös zu meiner Tante hinauf, aber die unterhielt sich mit einer Mutter, die auch mit ihrem Kind auf eine Audienz wartete.

„Er hat ein Buch", sagte meine Schwester mit ih-rer Großen-Schwester-Stimme. „Da steht alles drin. Er kann genau nachsehen, wie du dich im letzten

Jahr benommen hast. Man kann ihn nicht belügen, weißt du, nur weil man ein Geschenk möchte."

Sie begann die Strafen aufzuzählen, die der Weihnachtsmann für ungezogene Kinder in petto hatte. Ich dachte daran, wie oft meine Mutter rügend zu mir gesagt hatte: „Warum kannst du nicht sein wie deine Schwester?" Meine Schwester führte ihre Schulhefte sauber und ordentlich, während meine irgendwie Fettflecken anzogen. Meine Schwester vergaß nie ihr Taschentuch und achtete darauf, dass ihre Schuhe geputzt waren. Wenn sie auf dem Schulhof mit einem anderen Kind stritt, kam das meiner Mutter nie zu Ohren, genauso wenig wie sie merkte, dass meine Schwester ab und zu einen Keks aus der Keksdose stibitzte. Wenn ich es tat, fiel die Dose unweigerlich krachend zu Boden und weckte meine Mutter aus dem Mittagsschlaf. Ich begann mich unbehaglich zu fühlen. „Jedenfalls kann ich mir nicht vorstellen, dass ein einziges Weihnachtsgeschenk für dich unterm Baum liegen wird", schloss meine Schwester ihren Vortrag ab. Ich sah hoch, und gerade in diesem Moment blickte auch der Weihnachtsmann auf. Stechend blaue Augen trafen auf meine. Auf einmal wollte ich den Rotbewandeten nicht mehr sehen. Er sah streng aus. Was wenn er mich vor allen anderen Kindern blamierte? Eine Rute aus seinem Sack zog anstatt eines bunten Päckchens? Ich muss Friedas Hand so fest gedrückt haben, dass sich meine Angst ihr mitteilte. Sie warf nur einen Blick auf mich und rief, dass sie plötzlich furchtbar nötig aufs Klo müsse. Sofort erklärte ich, dass auch ich unbedingt mal müsse.

Als wir uns beide erleichtert hatten und zurückkamen, da war meine Schwester schon dran gewesen und keiner hatte Lust, noch einmal Schlange zu stehen. Ich war Tante Frieda unendlich dankbar. Meine Angst vor dem Bärtigen verließ mich aber nicht. Ich nahm ihn auf in die Liste der Dinge, die ich fürchtete.

Niemand in meiner Familie verstand meine Angst. Meine Mutter sagte, ich sei albern. Meine Schwester behauptete altklug, es sei wegen meines schlechten Gewissens. Das stimmte auch, denn es war nicht so lange her, da hatte ich das Türchen des Vogelkäfigs geöffnet. Ich wollte einfach, dass Hansi mal ein bisschen fliegen konnte, und hatte gehofft, er würde sich dann auf meiner Schulter niederlassen. Leider reizte ihn das offene Fenster mehr als die Freiheit der Wohnstube, und er flog ins Weite. Bestimmt war auch dies dem Weihnachtsmann zu Ohren gekommen. Mein Vater lachte, wusste aber keinen Rat.

Er hatte bald nach meiner Schwester und meiner Ankunft entschlossen, dass es am einfachsten sei, die Kindererziehung meiner Mutter zu überlassen. Sie löste alle großen und kleinen Probleme mit der ihr eigenen Pragmatik und ohne Unsinn zu dulden. Mein Vater wusste, es ist besser, sich nicht einzumischen, und stellte sich ihr nie entgegen – er war dankbar, dass sie ihm alles Unangenehme abnahm.

Trotzdem gelang es ihm immer, tiefes Mitgefühl zu signalisieren. Er hatte so eine Art, sich zurücklehnen, die Hände auf Magenhöhe zu falten, die Stirn zu runzeln und tiefes Nachdenken zu simulieren. Man hatte stets das Gefühl, dass man seine Last nicht allein trug.

Neben meinem Vater teilte ich meine Ängste und Sorgen mit Tante Frieda. Sie hörte ernsthaft zu *und* hatte meistens einen guten Rat zur Hand.

Frieda sagte, es sei weise, kritisch zu sein. Man müsse lernen, zwischen Gut und Böse zu unterscheiden, und dafür müsse man ein Gefühl entwickeln. Wenn Frieda mich lobte, errötete ich vor Freude. Ich nahm mir vor, das Wort „kritisch" einzusetzen, wenn meine Schwester mich das nächste Mal als einen Angsthasen bezeichnete.

„Nein, man kann nie zu vorsichtig sein", murmelte Frieda. Sie hatte endlich die Traueranzeige in der Zeitung bemerkt und schenkte ihr ihre ganze Aufmerksamkeit. Nachdenklich strich sie über ihr kurzes, pechschwarzes Haar. „Nie vorsichtig genug …", wiederholte sie langsam. „Schurken und Halunken habe ich in meinem Leben getroffen – aber dies war einer der Schlimmsten."

„Eine Beerdigung, Tante Frieda?", fragte ich und freute mich für sie. Nichts machte sie glücklicher, als an einem Begräbnis teilzunehmen, besonders wenn sie den Entschlafenen kannte.

Dies war eine große Anzeige. Die Namen der Trauernden, die ihn zu vermissen beteuerten und versprachen, sein Andenken stets in Ehren zu halten, war lang – sie nahm eine Viertelseite in Anspruch. Fast so groß, aber nicht ganz, war die Anzeige wie die, die den Tod meines Großvaters verkündigte. Ich begann leise, mir den Namen des Verstorbenen zu buchstabieren, und erkannte ihn als einen bekannten Bürger unserer Stadt. „Aber, war er einer von ... denen, Tante Frieda?", fragte ich. Ich wagte nicht, „Schurken und Halunken" zu sagen. Ich wusste, Mutter würde sehr ärgerlich, sollte ich einen Erwachsenen so zu betiteln.

Frieda sah mich abwesend an. Ein langer Aschenkegel hatte sich am Ende des Zigarillos gebildet, das Großtante Frieda stets nach dem Mittagessen rauchte. Ich erwartete immer, dass die Asche abfallen würde, aber Frieda war eine gewandte Raucherin.

„Ich muss es deiner Großmutter erzählen", sagte sie. „Sie hat die Zeitung vielleicht noch nicht gesehen."

Ich nickte. Die Zeitung wurde erst gegen Mittag geliefert und wurde zu Großmutter nach oben gebracht, wenn sie um drei Uhr für ihren Nachmittagskaffee aufstand.

„Wirst du zu der Beerdigung gehen, Tante Frieda?", fragte ich.

Frieda nickte grimmig. „Oh ja", sagte sie. „Dies muss ich mit meinen eigenen Augen bezeugen."

Ich wurde unruhig. „Aber machen wir trotzdem unseren Spaziergang?", fragte ich besorgt.

43

Wir machten immer zusammen einen Spaziergang, wenn Tante Frieda uns besuchte, und wir hatten noch nicht dem Friedhof einen Besuch abgestattet. Oh ja, wir würden den Friedhof besuchen, versicherte Frieda. Sie nickte so heftig, dass ich begriff, die, die da ruhig unter roten und weißen Begonien und violetter Heide schlummerten, mussten umwendend alarmiert werden, wer sich ihnen demnächst anschließen würde. Ich entschloss, sofort ein paar Blumen in unserem Garten zu pflücken. Ich durfte immer ein Sträußchen mitnehmen, wenn wir den Kirchhof besuchten, und meine Blumen auf ein Grab meiner Wahl legen. Aber Frieda war noch nicht bereit, mich gehen zu lassen.

„Du erinnerst dich doch", sagte sie in einem Ton, der Aufmerksamkeit verlangte, „dass ich dich vor Mitschnackern gewarnt habe?"

Das hatte sie tatsächlich. Obwohl ich nicht genau wusste, was Mitschnacker waren oder was sie taten, so fühlte ich mich doch genügend vorbereitet, sollte ich einem begegnen. Diesmal ging sie näher darauf ein.

„Es gibt gewisse Männer, wo du dich vorsehen musst. Zwielichtige Männer, die Kindern Süßigkeiten oder einen Besuch auf dem Spielplatz versprechen und sie so ins Unheil locken." Sie sprach sich nicht weiter über das „Unheil" aus, aber ich verstand, dass sie eine ernst gemeinte Warnung aussprach. „Ich habe von Kindern gehört, die *nie zurückgekehrt* sind." Und plötzlich rieselte die Asche von ihrem Zigarillo und legte sich in feinem Staub über Tante Friedas weiße Bluse und meinen Rock. Ich verstand, dass Frieda dies nicht sagte, um mich zu ängstigen, sondern dass sie mir die Verantwortung für meine eigene Sicherheit übergab. Sie lehrte mich, meinen Instinkten zu trauen, auch wenn ich das damals nicht hätte in Worte fassen können.

„Ist denn der Weihnachtsmann auch zwie-, zwie…" Das neue Wort bereitete mir Schwierigkeiten.

„Man kann nie vorsichtig genug sein, miin Deern", sagte Frieda abschließend. Sie faltete die Zeitung mit Nachdruck, wischte die Asche von ihrer Bluse und deutete an, sie wollte ein Weilchen in Ruhe gelassen werden.

Alle Erwachsenen in meinem Umfeld machten ein Nickerchen nach der Mittagsmahlzeit, jeder an seinem Lieblingsplatz. Frieda im Lehnstuhl, meine Mutter auf ihrem Bett oben im Schlafzimmer, mein Vater auf der Chaiselongue, wie wir das schmale Sofa nannten, das im Wohnzimmer unterhalb des südlichen Fensters stand. Die Sonne schien herein und winzige Staubfädchen, normalerweise unsichtbar, segelten auf ihren Strahlen. Ich hob eine Ecke der rauen Armeedecke, unter der mein Vater ruhte, und kroch zu ihm. Hier fühlte ich mich sicher vor den Gefahren, die Frieda angesprochen hatte. Es fiel mir nicht ein, mich zu wundern, dass meine Tante offensichtlich etwas über diesen Mann in Erfahrung gebracht hatte, was nicht öffentlich diskutiert wurde. Dass da ein Skandal lauerte, der Frieda erregt hatte. Es würde noch lange dauern, bis ich erkannte, dass unter der Oberfläche unseres friedlichen Lebens allerhand Geheimnisse brodelten. Dass auch bei uns sich Laster und Verruchtheit hinter unschuldigen Mienen verstecken konnten, manchmal hervorbrachen, aber selten genauer untersucht wurden. Damals bezogen sich meine Ängste auf greifbare Wesen: böse Stiefmütter, Hexen, garstige Zwerge oder boshafte Riesen – Märchengestalten halt. Alles leicht erkennbare Wesen, deren man sich mit Witz und Verstand wehren konnte, so wie die Prinzen oder armen Müllerburschen es taten. Den Weihnachtsmann mit seinem groben Gesicht, den klobigen Stiefeln und der lauten Stimme zählte ich jetzt dazu. Außerdem waren da die Leute, vor denen jedes Kind gewarnt wurde: „Zigeuner und Hausierer, Jahrmarktsleute und orientalische Teppichhändler". Und Hein Mütt.

Vor ihm hatten alle Kinder Angst. Hein Mütt war kleinwüchsig, sein überdimensional großer Kopf sah aus, als hätte jemand ihn etwas ungeschickt auf seinem gedrungenen Körper deponiert. Sein Gesicht war runzlig, seine Lippen schwulstig und sein Haar stak in dünnen, orangen Stacheln in die Höh. Er fuhr ein Fahrrad, das für seinen Körper viel zu groß war, so dass er gezwungen war, auf den Pedalen stehend zu radeln, sein Hinterteil erreichte den Sattel nicht. Er fuhr die kleinen Hintergassen unseres Städtchens auf und ab, und wenn er uns Kinder traf, schrie er laut und wütend Unflätigkeiten, so dass wir davonstoben und uns versteckten. „Klein Hein Mütt", nannte mein Vater ihn. Er kannte Hein gut, und oft, wenn ich in das schmale Büro trat, das mein Vater hinten in seiner Busgarage eingerichtet hatte, traf ich Hein dort an. Dann war er plötzlich gar nicht mehr beängstigend. Er saß dort, rauchte eine Zigarette, die er sich von meinem Vater geschnorrt hatte, und schwenkte seine kurzen Beine, die nicht bis zum Fußboden reichten. Wenn er mich sah, verzog er sein faltiges Gesicht in ein Lächeln und klopfte auf die Bank neben ihm.

„Na, dann lass uns mal gucken, ob du schon gewachsen bist", rief er. Er streckte seine kurzen Beine aus und ich tat es ihm nach. „Nee, nee", sagte er dann und schüttelte seinen großen Kopf traurig. Meine Füße reichten immer noch nur bis zu seinen Knöcheln. „Du musst dich mehr anstrengen. Du willst doch nicht so klein bleiben wie ich, oder?"

Ich versprach, ich würde mir mehr Mühe geben. Mein Versprechen belohnte er, indem er aus seiner schmuddeligen Hosentasche ein klebriges Bonbon zog und es mir überreichte.

„Du bist 'ne brave Deern", lobte er.

Hein Mütt hatte eigentlich einen richtigen Namen, ähnlich wie viele andere Insulaner – etwas wie Hansen, Petersen, Christiansen oder Paulsen. Aber immer, wenn er gefragt wurde, ob er dies oder jenes schon erledigt hätte, murmelte er: „Hein mütt dat noch moken", als ob er eine endlose Liste in seinem Kopf trug. Und so bekam er halt seinen Namen.

Hein wusch die Busse für meinen Vater, erledigte kleine Reparaturen und besserte die Schrammen aus, die meistens auftraten, wenn Mutter eine Tour gefahren war. Auch half er, wenn Koffer geladen werden mussten oder ein Rollstuhlfahrer bei einer Reisegruppe dabei war, der extra Hilfe benötigte.

„Klein Hein Mütt ist stark wie ein Ochs", sagte mein Vater immer. Wenn wir fragten: „Stärker als du, Papa?", nickte mein Vater nachdrücklich. „Oh ja, viel stärker als ich." Dann erzählte er, wie Hein einst ein Fuhrwerk hochgestemmt hatte, als jemand unter die Räder gekommen war. Oder wie er einen wütenden Bullen bezwungen hatte, der sich nicht auf den Dampfer hatte leiten lassen. Es wurde auch erzählt, dass Hein, als jemand sich über ihn lustig gemacht hatte, in tobender Rage einen Baum ausgerissen hatte. Ich weiß nicht, ob das wahr war.

Als er viele Jahre später starb, hatte er Anweisungen hinterlassen, dass er keine kirchliche Bestattung wünschte. Er wurde vom Beerdigungsinstitut aus zu Grabe getragen. Sein Trauerzug war „beeindruckend", berichtete Tante Frieda.

Die „Hausierer, Jahrmarktsleute, Teppichhändler und Zigeuner" trafen periodisch auf unserer Insel ein. Die Nachricht ihrer Ankunft verbreitete sich schnell. Kaum waren sie vom Dampfer getreten, wurden die notwendigen Sicherheitsmaßnahmen vorgenommen. Pforten wurden geschlossen und Kinder wurden in die Hintergärten zum Spielen gesandt. Nur Erwachsene öffneten die Haustür, wenn jemand klopfte. Meine Mutter kaufte nie etwas von einem Hausierer, aber Frieda ließ sich alles zeigen und stöberte mit Genuss durch das Angebot. Sie kaufte immer etwas: eine Rolle schwarzes Garn, ein Tütchen Druckknöpfe oder Gummiband, das um eine Karte gewunden war. Dunkelhäutige Männer wurden ermutigt, ihre Teppiche auszurollen. Scharlachrot und Preußisch Blau ergoss sich über den Fußweg und verwandelte unsere Welt für eine Weile in ein exotisches Zauberreich. Frieda wusste fachmännisch über Wollqualität und Knoten zu sprechen, konnte auf einen Blick erkennen, ob ein Teppich handgeknüpft oder maschinell hergestellt worden war, und konnte an den Mustern das Herkunftsland deuten. Sie fragte die Männer nach ihren Frauen und Kindern daheim und lobte ihr Handwerk. Obwohl sie meines Wissens nach nie einen Teppich kaufte, zogen die Männer stets mit einem Lächeln und fröhlich pfeifend weiter.

Wenn uns mal wieder ein Hausierer besucht hatte, konnte ich Tante Frieda manchmal bewegen, mir die Geschichte ihrer Freundin Karen zu erzählen. Karen war ihre Freundin gewesen, als sie beide „blutjung" in die Stadt gekommen waren. „Blutjung, aber nicht dumm. Uns konnte keiner übers Ohr hauen!"

Karen war hübsch und gewandt und hatte eine Stelle als Hausmädchen in einem Haus gefunden, wo jede Wohnung jeweils ein ganzes Stockwerk einnahm. Eines Tages, als die Familie ausgegangen war, klingelte es an der Tür. Karen öffnete, nicht ohne sich zu versichern, dass die Türkette sicher eingehakt war. Sie schaute vorsichtig durch die schmale Lücke. Draußen stand ein unbekannter Mann – nicht die Sorte, die normalerweise besuchte.

„Ein zwielichtiger Kerl, verschlagen sah er aus. Und schob meiner Freundin sofort ein Kästchen mit glitzerndem Tütelkram unter die Nase. Dachte wohl, Karen würde sich davon hinreißen lassen, die Tür ganz zu öffnen! Und das, obwohl unten an der Haustür doch ein großes Schild hing, für alle leicht zu lesen: ‚Keine Hausierer und Bettler'. Hätte gar nicht erst reingedurft, aber so sind sie halt, die Halunken und Schurken. Warten, bis ein altes Mütterchen die Haustür aufschließt, und beschwatzen sie, dass sie oben erwartet werden, und sind drin, bevor man sich's versehen hat. Ja, und so traf er also unsere Karen. Nun, ich nehme an, hinterher verwünschte er den Tag, an dem er gerade dieses Haus und diese Wohnung gewählt hatte. Karen erklärte ihm erst ganz freundlich, dass sie nicht vorhätte, jemandem wie ihm etwas abzukaufen und dass sie die Tür auf keinen Fall auch nur einen Spalt weiter öffnen würde, ganz egal wie hübsch er daherredete, und sein Betteln könnte er sich auch untersagen. Sie wollte ihm die Tür ins Gesicht schlagen. Aber der gerissene Halunke meinte wohl, er könnte Karen reinlegen – dünn wie sie war mit ihrem hübschen Gesicht. Er stellte seinen Fuß in den Türspalt. Seine dreckigen Fußspitzen, und Karen hatte doch erst eine halbe Stunde zuvor den Boden gewichst! Na, weißt du, was das schlaue Mädchen tut?"

Natürlich wusste ich es, ich hatte die Geschichte doch mindestens ein Dutzend Mal gehört! Aber aus Tante Friedas Mund klang es jedes Mal neu und so herrlich gruselig, dass mir ein Schauer den Rücken hinunterlief und ich mir vor Aufregung fast auf die Zunge biss.

„Sie holte die Axt!", rief Frieda aus. „Und hackte ihm die Fußspitzen ab – grad so. Schloss die Tür und machte sich in der Küche eine schöne Tasse Tee. Und als die Familie nach Hause kam, erzählte sie kein Wort von dem, was geschehen war. Warum sollte sie die Herrschaft unnötig aufregen? Aber wenn wir ausgingen, Karen und ich, dann guckten wir uns ordentlich um – nach einem Kerl, der mit nur einem halben Fuß durch die Gegend humpelte!"

Ja, das waren Friedas Geschichten. Die grausamen Fakten des Lebens wurden dargelegt, aber nie ohne einen praktischen Rat.

Viele Jahre später reiste Frieda auf unsere Insel, um an der Beerdigung ihrer alten Freundin Karen teilzunehmen. Karen war auf die Insel zurückgekehrt, hatte einen reichen Bauern geheiratet und sieben

Kinder großgezogen, die ihr mehr Enkelkinder beschert hatten, als ich zählen konnte.

Ich begleitete meine Großtante zu dem Haus, wo Karen in der guten Stube inmitten Bergen von Blumen aufgebahrt lag. Sie sah so still und friedlich aus, ihr Gesicht umrandet von sorgfältig ondulierten, grauen Löckchen – nichts deutete darauf hin, dass diese Frau eine Tendenz zur Brutalität vorgewiesen hatte. Ihre gefalteten Hände sahen schmal und kraftlos aus. Ihr Ehering hing lose an einem dürren Finger. Knöchrige Handgelenke staken aus den Manschetten ihrer gestärkten Bluse. Die Ärmel bauschten sich leise im Luftzug, der durch die geöffnete Tür drang. Unter dem weißen Laken nahm man kaum eine Spur ihres Körpers wahr. Könnte diese Frau je die Kraft besessen haben, eine Axt zu schwingen? Und doch, nun entdeckte ich einen Zug um ihren Mund, den die eingefallenen Wangen nicht hatten auslöschen können – er wies auf Entschlossenheit. Diese zarte, schmale Frau strahlte doch noch etwas aus: resolut und zupackend war sie gewesen.

Hinter mir räusperte meine Großtante sich und ich merkte, dass ich schon viel zu lange die Verstorbene angestarrt hatte. Familienmitglieder, die auf den Stühlen rundherum aufgereiht waren, beugten sich zueinander und flüsterten. Zweifellos versuchten sie sich zu erinnern, wer ich war, welche Rolle ich im Leben ihrer Mutter, Groß- und Urgroßmutter gespielt hatte. Ich trat schnell zur Seite und nahm eine dargebotene Tasse Tee entgegen. Als ich mich umdrehte, sah ich, wie meine Tante sich mit ihrem Taschentuch die Augen tupfte. Sie hatte sich wirklich etwas aus ihrer Freundin gemacht.

Ich hätte Unrecht, wenn ich Frieda als imposant oder gar hervorstechend bezeichnen würde. Tatsächlich war sie eher eine kleine, untersetzte Person. Wäre sie etwas größer gewesen, wären die Pölsterchen, die sich gleichmäßig über ihre Figur verteilt hatten, nicht weiter aufgefallen. Nur weil sie klein war, wirkte sie rundlich. Ihr glänzendes, glattes Haar sah immer aus, als hätte ihr jemand eine Schüssel auf den Kopf gestülpt und einmal rundherum geschnitten. Sie war die einzige Person, die ich kannte, die ihr Haar so trug. Alle anderen alten Leute, meine Mutter eingeschlossen, besuchten einmal in der Woche ihren Friseur, um sich einer Dauerwelle zu unterziehen. Wenn ich meine Mutter begleitete, faszinierten mich die Wolken von Haarspray, die großzügig versprüht wurden und die mich, wenn ich im rechten Moment den Atem einzog, kurzfristig in einen seltsam euphorischen Zustand versetzten. Wenn ich meiner Mutters Haar berührte, erstaunte mich die klebrige Elastizität – man konnte dagegen drücken, es sprang immer zurück. Kein Strähnchen löste sich von dem Ganzen. Großtante Friedas pechschwarzes Haar hüpfte um ihren Kopf, fächerte sich im Wind oder fiel wie ein Vorhang über ihre Wangen, wenn sie sich vorbeugte. Später erfuhr ich, dass der Bubikopf zuerst in den 1920ern modern geworden war, als Frieda, ihren eigenen Worten nach, „jung und unbekümmert" gewesen war.

Ihre dunklen Kleidungsstücke waren meistens abgelegte Stücke, die ihr von dankbaren Gästen überreicht worden waren. Frieda hatte ihr Berufsleben als einfaches Dienstmädchen angefangen.

„Unsichtbar war ich damals", erzählte sie mir. „Ich schrubbte die Treppenhäuser, die nur von den Dienstboten benutzt wurden, die Hintereingänge und Lagerräume. Dreckige, kalte Arbeit war das. Die Hände immer rot von der bissigen Seifenlauge, die Knie wund von dem Rumgerutsche. Aber ich hab's durchgehalten und hab gut aufgepasst! Hab mir die feinen Manieren vom Nachtportier abgeguckt und hab die Ohren aufgehalten, bis ich so fein sprechen konnte wie die Hausdame selbst. Ja, und bevor ich mich's versah, wurde ich befördert!"

Im Hotel Atlantis war sie verantwortlich für die „Wasch- und Plättstube". Ich glaube, für viele Generationen von Reisenden, Damen und Herren des alten Stils, waren Menschen wie Frieda einfach unersetzlich. Überall auf der Welt, in großen Hotels von Ruf, eilten sie herbei, wenn etwas gebraucht wurde. Sie hielten Seidenstrümpfe und Miederstangen parat und hatten stets frische Nelken für die Knopflöcher der Herren zur Hand. Sie entfernten Flecken und stärkten Kragen. Zur Not ließen sie Säume aus, die sonst zu platzen drohten, oder flickten kunstvoll ein Loch, wenn unaufmerksames

Dienstpersonal die Motten nicht in Schach gehalten hatte.

„Gib her!", befahl sie manches Mal, wenn ich noch schnell eine Bluse oder ein Kleid bügeln musste und die Zeit schon drängte, weil ich ins Büro, zu einer Verabredung oder zu einem Tanz musste. „Plätten kann deine Tante Frieda besser als jeder Fachmann!"

Manchmal ließ sie die Namen von hochgestellten Persönlichkeiten, Schauspielerinnen, Opernsängerinnen, ja, Damen von Adel fallen, die sich „nur von Fräulein Frieda" ihre Abendroben auffrischen ließen. Frieda und ihre Kollegen sorgten dafür, dass die Rädchen, die die Hautevolee, die Elite unserer Gesellschaft, antrieben, stets bestens geölt waren. Immer im Hintergrund, aber stets anwesend und bereit. Hilfreich und gefällig, „aber nie unterwürfig. Schließlich haben wir auch unseren Stolz", sagte Frieda und seufzte. Ich kann mir vorstellen, dass der hamburgische Humor und die Schlagfertigkeit, die meine Großtante sich inzwischen angewöhnt hatte, auch den feinsten Herrschaften Respekt einflößte. Sie war wie ein Schatten, der unauffällig durch die Korridore glitt. Ein leichtes Klopfen, eine Zimmertür, die sich einen Spalt weit öffnete, geflüsterte Anweisungen und dann bei der Abreise ein in braunes Packpapier gewickeltes Paket am Fußende eines zerwühlten Bettes. Tante Frieda erhielt die verschiedensten Sachen: ein Abendkleid, in das eine ungeschickt gehandhabte Zigarette ein winziges Loch gebrannt hatte. Hüte mit verblichenen Schleifen oder Blumenarrangements, die aufgefrischt werden mussten. Oder Kleider, deren gewagtes Muster nicht ein zweites Ausführen erlaubte. Meine Tante behielt nur die schwarzen Röcke, die weißen Blusen und unifarbenen Twinsets, manchmal einen Hut oder einen Mantel, den sie im Winter tragen konnte. Alles andere schenkte sie weiter. Das, was sie behielt, trug sie für viele Jahre.

„Für gute Qualität zahlt man", pflegte sie zu sagen, obwohl sie selbst selten für etwas zahlen musste.

Frieda hatte eine Art, ihre Worte zu untermalen, die ich vorhatte nachzuahmen. Sie sog ihren Atem ein, bis er ihre Lungen füllte und ihren nicht unerheblichen Busen nach vorn schob. Ich wusste nie genau, was diese Geste hervorrief. Hatte jemand etwas gesagt? Jedenfalls entrang sich ihren Lippen ein Schnauben, ihr Busen schob sich hervor – und plötzlich schwiegen alle und erwarteten gespannt ihre nächsten Worte. Frieda nutzte die Stille, um mit aufblitzenden Augen einmal in die Runde zu schauen. Besonders die Männer bedachte sie mit ihrem herausfordernden Blick – bis ins hohe Alter flirtete sie schamlos mit dem anderen Geschlecht – und ein durchtriebenes Lächeln spielte um ihre Lippen.

Ich übte dieses Lächeln, den Augenaufschlag vor dem Spiegel, nachdem ich mir erst zwei der Flanellwindeln meiner neuen kleinen Schwester unters Nachthemd gesteckt hatte. Aber das Lächeln war so schwierig, wie es schwer war, die Windeln so zu falten, dass sie echt aussahen. Meistens bekam ich nur eine Grimasse hin, die Graf Frankenstein Ehre gemacht hätte. Wenn meine Mutter mich dabei erwischte, schimpfte sie über meine Unverfrorenheit.

Großtante Frieda trug auch Hosen. Aus Tweed oder feiner schwarzer Wolle, mit einer akkurat gepressten Bügelfalte, die gerade oberhalb ihrer flachen Schuhe anhielten.

„Meine Knöchel können sich immer noch sehen lassen", murmelte Frieda zufrieden und musterte sich im erleuchteten Schaufenster eines Modegeschäftes.

Wir hatten gerade eine Visite bei einer ihrer alten Freundinnen beendet und befanden uns auf dem Weg nach Hause. Ein Besuch bei ihrer Freundin Ilse gehörte zu unseren Gewohnheiten so wie die Besuche auf dem Friedhof. Ilse war kurzatmig und weitaus behäbiger als Großtante Frieda. Das Aufstehen war ihr eine Plag', und sie bewegte sich nur langsam und mit großer Müh. Die Knöchel Friedas Freundin Ilse sahen aus wie dicke Wülste, die über die Ränder ihrer Schuhe quollen.

„Ilse hat sich gehen lassen," seufzte Frieda nach jedem Besuch.

Zuhause strampelte meine kleine Schwester in ihrer Wiege. Weil es warm war, trug sie nur ihr Windelpaket und ein kurzes Hemdchen. Als sie mich wahrnahm, strampelte sie vor Freude mit ihren fetten Armen und Beinchen. Prall und plump waren die, und unter den Knien und über den Ellbogen bildeten sich Falten, so tief, dass ich einen Finger hineinlegen konnte.

„Wie kannst du dich nur so gehen lassen?", fragte ich meine kleine Schwester, die strampelte und gurgelte und sich gar nicht bewusst war, wie fett und drall sie war. Ich kniff sie hart, um sie eines Besseren zu lehren.

Meine kleine Schwester jedoch legte keinen Wert auf meine Warnung. Stattdessen stieß sie einen ohrenbetäubenden Schrei aus, der meine Mutter alarmierte. Es nützte nichts, dass ich Friedas Worte wiederholte und meine Sorge, dass unsere Kleine einst wie Ilse aussehen würde, ausdrückte, ich bekam einen Klaps und mein eigenes Geheule übertönte die weiteren Worte meiner Mutter, aber ich war sicher, dass ich „eingebildet" heraushörte, und „nur weil sie in der Großstadt unter feinen Leuten lebt". Dann schlug Mutter die Küchentür heftig hinter sich zu.

Ich wusste, dass Tante Frieda so alt war wie meine Großmutter. Aber während Großmutter so aussah, wie man es halt von Großmüttern erwartete, fiel unsere Tante in ein ganz anderes Format. Ihre Haut war weder runzlig, noch bildete sie Falten an Stellen, an denen man das nicht erwartete. Ihr Haar glänzte und bis zu ihrem letzten Tag hätte man vergeblich nach einem grauen Strähnchen gesucht. Sie schlurfte nie durch die Zimmer auf der Suche nach ihrer Brille. Wenn sie etwas lesen wollte, zog sie ein schmales, ledernes Etui aus ihrer kleinen Handtasche.

Um diese Handtasche beneidete ich Tante Frieda heftig. Es war mein größter Wunsch, eines Tages eine solche Tasche zu besitzen. Aus Lackleder gefertigt, besaß sie einen Griff aus hellem Hirschhorn und einen goldenen Verschluss, der mit einem hörbaren „Klick" zuschnappte. Diese Handtasche begleitete meine Großtante stets. Wenn sie nicht in ihrer Armbeuge hing, stand sie geduldig wartend zu Friedas Füßen.

Großmutter besaß meines Wissens nicht einmal eine Handtasche. Ging sie am Morgen aus, schob sie ihr abgewetztes Portemonnaie in ihre Schürzentasche. Am Nachmittag trug sie es einfach in der Hand, zusammen mit einem gefalteten Taschentuch. Wenn ich Großmutter gegenüber Tante Friedas Handtasche erwähnte, die sie übrigens hoch und heilig versprochen hatte, mir eines Tages in ihrem Erbe zu hinterlassen, sagte Großmutter:

„Deine Tante trägt eine Handtasche, weil sie chic ist. Sie lebt in der Stadt."

Von da an verband ich „chic" mit in der Stadt zu leben, und ich konnte nicht abwarten, selbst in die Stadt zu ziehen, wo alle Leute sich vorteilhaft anzuziehen wussten, um stets chic auszusehen, alle die richtigen Accessoires trugen und niemand in Gefahr war, sich gehen zu lassen. Als ich endlich Gelegenheit hatte, die Stadt zu besuchen, konnte ich mich überzeugen, dass Großmutter Recht gehabt hatte. Vielleicht übertuschten meine Erwartungen die Realität, aber ich erinnere mich, dass ich wie in einer Trance an den großen, erleuchteten Schaufenstern vorbeizog, die sich schier endlos an Fußgängerzonen und Passagen ausdehnten. Ich bewunderte die eleganten Damen, die *mitten am Tag* auf hohen Hacken durch die Stadt stöckelten, und strich nah an anderen Passanten vorbei, um einen Hauch der verschiedenen Parfüms und Duftnoten einzuatmen, die in dieser Stadt der Götter so großzügig benutzt wurden. Und dann verstand ich plötzlich, wie es für meine Mutter und Großmutter gewesen sein musste, wenn unsere Großtante uns besuchte. Meine Mutter war dreißig Jahre jünger als Tante Frieda, und doch schaffte dieses ältere, unverheiratete Fräulein es jedes Mal, dass Mutter sich wie ein Bauerntrampel vorkam. Ganz egal, wie viele Illustrierte Mutter studierte, um sich mit den neuesten Modetrends vertraut zu machen, jeder Besuch Friedas bewies, dass das, was die Bekleidungsgeschäfte unserer Kleinstadt für ihr Klientel für angemessen hielten, nie mit den Modemaßstäben der Stadt Schritt halten konnte. Vielleicht war es deshalb, dass Mutter sich solche Mühe gab, Großtante Frieda auf andere Art und Weise zu beeindrucken.

Wir Kinder bemerkten immer im Voraus, wenn ein Besuch Friedas anstand. Der Rhythmus unseres normalerweise geordneten Haushalts änderte sich – erst fast unmerklich, nahm dann an Hektik zu, untermalt von einer gesteigerten Nervosität unserer Mutter, und erreichte schließlich ein Crescendo, das nicht einmal Vater übersehen konnte und das ihn öfter als normal an seinen Stammtisch in der Kneipe führte. Die ersten Zeichen äußerten sich in Mutters erhöhter Wachsamkeit, was unsere Pflichten im Haushalt betraf. Sie prüfte, ob das Besteck richtig poliert und in Reih und Glied in die Schubladen zurückkehrte, wenn wir ihr beim Abwaschen halfen. Sie hielt Gläser gegens Licht, um sie auf nachlässige Wasserspuren zu untersuchen. Sie untersuchte unsere Schränke und schaute unter Betten. Wehe, die Regale wiesen Unordnung auf oder es lagen Wollmäuse oder zerknüllte Taschentücher unter den Bettgestellen. Wenn sie bügelte, genügte es nicht mehr, die Wäschestücke zu falten, die Falten wurden noch extra geplättet. Vaters Hemden wurden steif gestärkt und mit besonderer Sorgfalt auf die Bügel gelenkt. Mutter bewappnete sich mit Staubwedel und Besen und attackierte Deckenleisten und Zimmerecken, um Spinnen den Garaus zu machen. Dann kamen wir eines Nachmittags vom Spielen nach Hause, und Mutter hatte den Schrank ausgeräumt, der ihre Silbersammlung zur Schau stellte. Sie hatte den großen Esstisch freigeräumt und Zeitungspapier auf dem Wachstuch ausgebreitet. Darauf stand die Kuchenplatte mit dem zierlichen Rand, der aussah wie fein geklöppelte Spitze; die Zuckerdose mit Füßchen wie winzige Katzenpfötchen mit dem dazu passenden Sahnekrug; die Serviettenringe, die wir nie benutzten, und die Untersetzer, die unsere Großeltern von einer Reise nach Triest mitgebracht hatten. Mit grimmiger Entschlossenheit rieb Mutter sie mit milchiger Silberpolitur ein. Dasselbe Schicksal traf den Tortenheber und das Tortenmesser, die Zuckerzange aus Filigran und den Löffel, den Mutter immer mit der Schlagsahne anbot und der am Stil mit einer friesischen Rose dekoriert war, sowie die Kuchengabeln und Kaffeelöffel, die nur „für gut" waren – alle rieb und polierte sie, bis sich die Sonnenstrahlen im Silber spiegelten und nicht das kleinste Fleckchen zurückblieb.

Dann wurden die Vorhänge abgehängt und gelüftet und Teppiche herausgezerrt und an der Teppichstange ausgeklopft, bis auch das letzte Krümelchen Staub sich beleidigt verzogen hatte. Mutter wusch die Blätter der Grünpflanzen und rieb sie mit Weißöl ein. Sie bohnerte die Holzfußböden und zusammen mit Großmutter putzte sie die Fenster, bis sie glänzten. Zu anderen Zeiten scherzte mein Vater, ermahnte meine Mutter, dass ihre Putzwut nur Unruhe ins Haus brächte, aber wenn er ahnte, warum sie derart schrubbte, wusch und polierte, dann bemühte er sich, ihr aus dem Weg zu gehen. Er hielt seine Augen gesenkt und gab vor, Mutters finstere Blicke nicht zu bemerken. Er erhob sich vom Mittagstisch, kaum hatte er den letzten Bissen heruntergeschluckt, und schlurfte zu seiner Couch, mit herabhängenden Schultern und einer Miene so erbärmlich, dass Mutter ihre Vorwürfe verschluckte.

Vater hatte früh in ihrer Ehe die Kunst perfektioniert, das unschuldige Opfer darzustellen. Manchmal, wenn er sich in dem Kreuzfeuer befand, das regelmäßig von Mutters Ende des Mittagstisches abgefeuert wurde, kam es mir vor, als würde sein Elend wie ein Ölschlick von seinem blendend weißen, gestärkten Hemd herunterrutschen, bis es in einer kleinen schwarzen, klebrigen Lache zu seinen Füßen lag. Der konnte Vater dann geschickt ausweichen und das Zimmer verlassen. Die Tür fiel leise hinter ihm ins Schloss und Mutter übernahm wieder mal seufzend die Verantwortung.

Es war immer Vater, der Friedas Telefonanrufe empfing. Sie selbst besaß kein Telefon, sie ging die paar Schritte bis zu dem kleinen Laden an der Ecke, einem dieser kleinen Kaufmannsläden, die man auch heute noch an versteckten Ecken großer Städte wiederfindet. Wo Regale die Wände von Räumen hochklettern, die mal jemandes Wohnzimmer gewesen waren; in denen sich alles stapelt, was in einem Haushalt plötzlich fehlen könnte: von Haken und Ösen, Schnürsenkeln oder Toilettenpapier bis zu Likörpralinen. Aber von jedem gibt es nur eine Ausführung, die Qual der Wahl, die einem im Supermarkt aufgezwungen wird, ist abwesend. Frieda hielt nichts von Telefonen in Privathaushalten, sie waren für sie ein unnötiger Luxus. Sie übersah geflissentlich den schwarzen Apparat, der bei uns im Flur wohnte.

Damals rief Großtante von dem rammelvollen Eckladen aus meinen Vater bei der Arbeit an. Die anderen Kunden, die sich womöglich auch im Laden aufhielten, wurden dann einem ohrenbetäubenden Wortschwall ausgesetzt, denn Frieda traute den Drähten nicht zu, ihre normale Stimme in ihrer normalen Lautstärke übers Land und unter dem Meeresboden hindurch zu Vaters Ohren zu tragen. Frieda hatte starke Lungen, einmal in der Woche traf sie sich mit den anderen Damen und Herren des hanseatischen Gesangvereines, wo sie sich ihres vollen Alts wegen geschätzt wusste. Ich glaube nicht, dass sie meine Mutter willentlich vor den Kopf stoßen wollte, wenn sie Vater anrief, um einen Besuch anzukündigen. Und sicher hatte sie keine Ahnung über die Wirkung ihrer Nachricht, die Vater stets weitergab, wenn meine Schwester und ich nicht in Hörweite waren. Niemals hätte sie gedacht, dass sie eine Missstimmung hervorrufen könnte. Sie konnte nicht wissen, welche Wogen ihr Anruf auslöste – die unseren Haushalt bald an eine sturmgepeitschte Nordsee erinnerten, während Mutter kein einziges Möbelstück und kein Kissen in Frieden ließ, in ihrem Bestreben, unser Haus von seiner besten Seite zu präsentieren. Wir fanden Mutter auf einer hohen Leiter stehend: Sie schraubte Lampenschirme ab, um tote Brummer zu entsorgen. Sie fuhr mit ihrem Staubtuch über die oberen Ränder der Bilderrahmen, die Frieda nur mit Hilfe eines teleskopischen Spiegels hätte inspizieren können. Wenn wir von der Schule nach Hause kamen, wurden wir mittels Schildern angehalten, unsere Schuhe schon vor der Haustür auszuziehen und unsere tropfenden Regenmäntel *sofort* in den Keller zu tragen. Unsere

Babyschwester bekam den Mund so oft abgewischt, dass sie schon losbrüllte, wenn sie Mutter sich nähern sah. Es gab jetzt nur noch „sauberes" Essen, Essen ohne Soße, bei dem die Farbe Weiß dominierte (Blumenkohl und Kartoffelmus mit gedünsteter Hühnerbrust ohne Haut), so dass die Gefahr, dass Flecken beim Kleckern entstanden, geringer war. Wenn ich von meinem Teller hochschaute, trafen mich Mutters prüfende Blicke. Abwesend, abschätzend schaute sie von mir zu meinen Schwestern, als wären wir Exemplare, deren Nützlichkeit sie für eine geplante Ausstellung bewertete. Wenn dies geschah, konnten wir stündlich mit Großtante Friedas Ankunft rechnen.

Mutter führte die Regie in unseren Leben. Sie sorgte für einen routinemäßigen Tagesablauf, den Vater als „absolut kugelsicher" bezeichnete. „Mutter ist wie mein ehemaliger Oberfeldwebel", erzählte Vater uns oft stolz. „Sie kümmert sich um alles, wir können uns darauf verlassen, dass alles wie am Schnürchen läuft."

Manchmal beneidete ich die fröhlichen Familien, die zur Sommerfrische auf unsere Insel kamen und die wir im Sommer am Strand trafen. Vater hatte dann die meisten Touren, und Mutter war noch mehr als üblich im Geschäft eingespannt. Wir spielten dann unter der Aufsicht meiner großen Schwester an unserem üblichen Platz am Strand, buddelten im Sand, schwammen oder spielten Völkerball mit Kurgastkindern. Deren Eltern lagen in den Strandkörben, ermunterten ihre Kinder mit Zurufen oder führten sie fort, um sie mit Eis oder Kuchen zu füttern. Wenn wir allein am Strand waren, erwartete Mutter bestes Benehmen von uns, schließlich hätten Vaters Fahrgäste uns sehen können. Erst viel später wurde mir bewusst, dass sie sich auch auf uns verlassen musste, dass wir uns nicht in Gefahr brachten, indem wir zu weit hinausschwammen oder bei auflaufender Flut noch im Watt rumtollten. Heute denke ich, ihre Strenge lehrte uns auch Selbstständigkeit und Verantwortung.

„Eure Mutter hat euch Deerns gut in Schuss", lobte Tante Frieda manches Mal, leider nie in Mutters Anwesenheit. Aber ich hätte eben gern ein bisschen mehr von dem gewollt, was die Ferieneltern ausstrahlten.

Im Herbst und im Winter, in den ruhigeren Jahreszeiten, werkelte Mutter oft am Haus. Sie konnte Regale aufhängen, Steckdosen austauschen und wusste, verstopfte Abflüsse zu reinigen. Sie hielt immer einen Werkzeugkasten zur Hand, und nichts bereitete ihr größere Freude, als mit einem Hammer, einem Schraubenzieher oder einer Zange bewaffnet, irgendeinem Problem zu Leibe zu rücken. Unser Vater schaffte es nicht mal, eine Glühbirne auszutauschen. Reparaturen an seinen Bussen überließ er Hein Mütt, der es angeblich liebte, in den Motoren herumzukreuchen. Mutters Vater aber war ein Tischler gewesen, und Mutter hätte dieses Handwerk übernehmen können, wäre es in ihrer

Jugend nicht undenkbar für ein Mädchen gewesen, eine derartige Lehre anzufangen. Als sie noch klein war, war sie stets in Opas Werkstatt aufzufinden. Sie schob die Sägespäne, die sich auf dem Boden sammelten, zu kleinen Dörfern zusammen. Aus Reststückchen von Holz baute sie Häuser. Am Abend, wenn ihre Mutter die Stehlampe mit dem gusseisernen Fuß und dem gefalteten Lampenschirm auf den runden Wohnzimmertisch hob, zeichnete sie die Grundrisse der Häuser, die sie am Tag gebaut hatte.

Niemand kümmerte sich um sie. Ihr Vater erwartete, dass sein Sohn, Mutters älterer Bruder, eines Tages die Tischlerei übernehmen würde. Als Mutter aufwuchs, musste sie im Haushalt helfen. Nicht nur wurden ein Lehrling und mehrere Gesellen mitversorgt, es wurden auch, wie in fast allen Inselfamilien, Zimmer an Kurgäste vermietet. Ihnen wurde jeden Morgen ein ordentliches Frühstück serviert, ihre Zimmer mussten geputzt werden, Wäsche musste gewaschen und in Ordnung gehalten sein. Als Mutter die Schule abschloss und sie ihren Wunsch äußerte, in das Geschäft ihres Vaters einzutreten, lachten alle, als hätte sie einen besonders guten Scherz gemacht. Ich denke, sie hörten auf zu lachen, als sie die Nachricht bekamen, dass Mutters Bruder, kaum neunzehnjährig, in Russland von einem Querschläger getroffen worden war und seinen Verwundungen erlag. Wider den Willen seiner Eltern – Mutters Vater war Pazifist und gegen den Krieg – hatte er sich vom Fieber anstecken lassen und war ausgezogen, wie so viele andere auch, um Ruhm und Ehre zu erkämpfen.

Mutter war da schon in ihrem Pflichtjahr. Fern von ihrer Familie musste sie ihren Schmerz und Kummer, ihre Trauer vor den Fremden verbergen, die von ihrem Bruder als einem Helden sprachen, der sein Leben dem Vaterland geopfert habe. Ein Jahr lang war Mutter im Dienst auf einem Gutshof, auf dem die Leute einen anderen Dialekt sprachen und wo Mutter und die anderen Mädels alle unter Heimweh litten. Sie schliefen in zugigen Kammern unter dem Dach, wo die Mäuse des Nachts aus den Strohlagern krabbelten. Sie hörten sie über die Holzdielen trippeln, auf ihrer Suche nach Essbarem, und manchmal rannten sie gar über ihre Gesichter. Ihr Leben lang ekelte Mutter sich vor Mäusen. Während dem Jahr schwor unsere Mutter sich, sollte sie jemals eine Familie haben, würde sie die unter allen Umständen zusammenhalten. Sie würde niemandem erlauben, ihre Familie auseinander zu reißen, würde ihre Kinder verteidigen, wenn notwendig, und würde ihnen eine solide Grundlage bereiten, von der aus sie in die Welt ziehen könnten. Ihren Herzenswunsch, Häuser zu bauen, wandelte sie um, indem sie metaphorische Gerüste baute, die sie mit starken Mauern befestigte. Ihre Berufung wurde, ein Heim für uns zu errichten, das sie mit der Kraft ihres Willens zusammenhielt, ganz egal wie sehr die Stürme an den Grundmauern rüttelten.

Dieselbe Umsicht und Fähigkeit zu planen, zeigte Mutter, als Vater starb. Es geschah ganz plötzlich und vollkommen unerwartet. Er brach am Steuer des Busses zusammen, mitten in der Geschichte über die Kuh, die der dänische Statthalter, Klaus Lembeck, jeden Tag verkleidet in einem anderen Fell um den Burgwall führen ließ, um die Belagerer glauben zu machen, er und seine Leute hätten mehr als genug Verpflegung. Die Burg ist keine richtige Burg, es ist ein Ringwall, der wohl schon in prähistorischen Zeiten auf unserer Insel stand. Im 14. Jahrhundert soll Klaus Lembeck sich dort verschanzt haben, weil er eine Rebellion gegen den dänischen König angeführt hatte, und da kam dann die Kuh ins Spiel. Es war eine dumme Geschichte – sicher hätten die Bewacher sich doch eines Tages gefragt, warum die immer nur mit *einer* Kuh durch die Gegend trabten? Oder sie hätten es sattgehabt, die Abtrünnigen auszuhungern, und hätten halt doch angegriffen. Aber die Gäste hörten es immer gern, und Vater schaffte es stets, sie mitzureißen. Nun, diese Tour, eine Gruppe von Landfrauen aus Tönning auf Tagesausflug, bekam das Ende nie zu hören. Eine von ihnen rannte zum nächstliegenden Hof, um um Hilfe zu rufen.

Mutter, von der Bauersfrau alarmiert, kam in einem Taxi. Und nachdem sie sich vergewissert hatte, dass der Notarzt und die Sanitäter meinen Vater so weit stabilisiert hatten, dass er ins Krankenhaus transportiert werden konnte, setzte sie sich ans Steuer des Busses und fuhr die Landfrauen zurück zum Hafen. Da erstattete sie ihnen das Geld und setzte sie auf die Fähre. Erst nachdem sie den Bus sicher auf unseren Hof kutschiert hatte, wo Hein Mütt sie schon erwartete, fuhr sie zum Krankenhaus.

Meine Schwester und ich trafen zusammen ein. Dank Großtante Friedas Vermittlung lebten wir beide inzwischen auf dem Festland.

Meine Schwester hatte sich nach der Schule zur Zahnarzthelferin ausbilden lassen. Frieda – auf der Insel, um an der Bestattung einer zweiten Cousine mütterlicherseits teilzunehmen, die im Alter von 97 Jahren friedlich in ihrem eigenen Bett eingeschlafen war – erzählte meinen Eltern von der Enkelin einer Nachbarin, die auch bei einem Zahnarzt eingetreten war.

„Es ist eine große Praxis mit eigenem Labor. Sie hat sich zur Zahntechnikerin ausbilden lassen. Sie überlegt jetzt, noch ein Studium anzuhängen. Ihr Chef unterstützt sie dabei. Natürlich, hier auf der Insel gibt es solche Möglichkeiten wohl nicht so häufig …", schloss sie ab.

Sie hatte einen Keim gesät, der in den nächsten Monaten wuchs und gedieh. Als Frieda uns das nächste Mal besuchte, anlässlich des 75-jährigen Bestehens Vaters Gesangvereines und um die inzwischen verschiedenen Gründungsmitglieder zwecks einer Gedenktafel zu ehren, sagten meine Eltern, sie meinten, es sei Zeit, dass ihre älteste Tochter ein wenig ihre Flügel spreizen sollte. Frieda gab sich erstaunt.

„Natürlich ist es schwer in der Stadt ein Zimmer für ein alleinstehendes Mädchen zu finden." Meine Eltern gaben bedrückt zu, sich auch darüber Sorgen gemacht zu haben. „Sie könnte für eine Weile bei mir unterkommen", sagte Frieda langsam, als wäre ihr der Gedanke gerade erst gekommen. „Platz habe ich und die Gesellschaft würde mir guttun."

Meine Schwester lebte zwei Jahre bei Frieda, dann heiratete sie einen Bootsbauer, den sie beim Segeln auf der Alster kennengelernt hatte. Anscheinend entdeckte sie in sich eine latente Begabung, denn schon bald tauschte sie ihren weißen Kittel für eine Handwerkskluft und half ihrem Mann, Boote zu bauen. Zusammen begaben sie sich auf lange Segeltörns und waren erst gerade von einem zurückgekehrt, als Mutter sie mit ihrer Nachricht erreichte.

Als ich meine Lehre in der Kanzlei des Anwalts, der schon meine Großeltern beraten hatte, beendete und der alte Herr sich mit einem erleichterten Seufzer zur Ruhe setzte, war es naheliegend, dass auch ich zu Frieda geschickt wurde. Endlich tat ich das, was ich mir so lange gewünscht hatte, ich atmete Stadtluft ein!

Frieda war wunderbar. Nie benahm sie sich wie eine ältere Tante oder gar eine Aufseherin. Sie half mir, mich in dem System der U- und S-Bahnen zurechtzufinden, erwähnte beiläufig Einkaufszentren, die sich als sowohl vielfältig als auch preisgünstig erwiesen, und führte mich ganz unauffällig mit anderen jungen Leuten zusammen – Nichten oder Neffen ihrer Bekannten und jungen Kollegen aus dem Hotel, in dem sie immer noch arbeitete.

Ich konnte kommen und gehen, wie ich Lust hatte. Mittags aß Frieda in ihrem Hotel und ich irgendwo in der Stadt. Sie erwartete nie, dass ich mich pünktlich an ihren Tisch setzte. Ich genoss die Freiheit und all das Neue.

Und dann kam Mutters Anruf. Sie berichtete von Vaters Zusammenbruch, überließ es aber mir, ob ich heimeilen wollte.

„Fahr!", sagte Frieda. „Ich ruf bei deiner Kanzlei an und sage Bescheid."

Meine Schwester und ich trafen gemeinsam ein. In der Nacht hatten die Ärzte noch Hoffnungen geregt, hatten Mutter und unsere kleine Schwester nach Hause geschickt. Dann hatte Vater einen zweiten, fatalen Schlaganfall erlitten.

Während Hein Mütt laut schluchzte und immer wieder fragte, wie das nur hätte passieren können, stand Mutter am Bett und gab meiner Schwester leise Anweisungen.

„Hol dein Notizbuch raus, Jutta", sagte sie scharf, weil meine Schwester hilflos zitterte und nicht reagierte.

Als Erstes sollten wir unsere Schwester von der Schule abholen. Sie war in ihrem vorletzten Jahr und bereitete sich auf das Abitur vor. Vater war so stolz auf sie gewesen, die Erste von uns, die Abitur machen würde.

„Bringt sie hierher", sagte Mutter. „Sie soll nicht von Fremden erfahren, was geschehen ist."

Dann begann Mutter, eine Liste von Leuten zu diktieren, die umwendend angerufen werden sollten, darunter auch das Bestattungsinstitut. Meine Schwester kritzelte mit tränenverschwommenen Augen. Ich stand dabei und war wie versteinert. Es erschien mir kaltherzig, was hier geschah.

„Zu Großmutter gehen wir gemeinsam, wir müssen es ihr vorsichtig beibringen. Aber Tante Frieda musst du sofort anrufen. Ihre Nachbarin hat jetzt ja ein Telefon, die Frau Schröder. Die Telefonnummer liegt auf einem Zettel auf Vaters Schreibtisch."

Meine Schwester schluchzte laut auf. Ich würgte. Der Gedanke, an Vaters Schreibtisch zu gehen, an dem er gestern noch gesessen hatte, war zu viel.

„Reißt euch zusammen!", zischte Mutter scharf. „Sagt Frieda, sie soll sich ein Taxi zum Bahnhof nehmen, ich erstatte ihr das Geld. Es wird ein Schlag für sie sein. Geht jetzt und tut, was ich euch gesagt habe."

„Und du?", fuhr es mir heraus.

„Ich bleibe hier – mit Hein." Auf einmal wurde ihre Stimme sanft. Der kleine Mann hatte seinen Kopf auf das Laken gelegt, das Vaters Körper bedeckte. Beide regten sich nicht mehr. „Er ist die Nacht über hier geblieben", flüsterte sie. „Wir werden hier auf den Bestatter warten."

„Werden sie Vater abholen?" Der Gedanke war entsetzlich. Wurden Verstorbene nicht in eine Art Kühlraum gelegt?

„Vater wird nach Hause gebracht", sagte Mutter fest. „Da gehört er hin. Wenn alle Gelegenheit hatten, sich von ihm zu verabschieden, dann sehen wir weiter." Jetzt legte sie ihre Hand auf die von Vater.

So bekannt war mir diese Hand. Sie hatte mich gestreichelt, mir den Stift aus der Hand genommen, um ein Wort zu korrigieren. Hatte den Telefonhörer gehalten, auf dem Steuerrad geruht. Mit sanftem Druck auf Mutters Schulterblatt gelegen, wenn er sie über den Tanzboden steuerte.

„Und ich möchte, dass ihr das Schlafzimmer richtet. Ich habe heute Morgen keine Zeit gehabt. Frische Laken. Seht zu, dass ihr Blumen bekommt. Wir bringen ihn nach Hause."

Vater wurde zu Hause aufgebahrt, und nach und nach kamen Freunde und Bekannte. Mutter und Großmutter saßen bei ihm, und als Tante Frieda eintraf, übernahm sie die Rolle, die sie so oft schon gespielt hatte. Mit ihr kehrte Ruhe ein. Mutter verlor nun ein wenig ihrer verkrampften Entschlossenheit. Die Schultern, die sie angespannt hochgezogen hatte, sanken und sie sah plötzlich zarter, zerbrechlicher aus.

Während meine Schwestern rückhaltlos weinten, fühlte ich mich hart an, als wären jegliche Gefühle zu einem zähen Knoten erfroren. Dann wurde ich von einer furchtbaren Wut erfasst. Wut, dass er uns so plötzlich verlassen hatte. Wut auf meine Mutter. Ich gab ihr die Schuld für sein Sterben. Sie hatte Vater in den Tod getrieben. Mit ihrer Nörgelei, den schmalen Lippen, ihren ständigen Verbesserungen. Nichts konnte er ihr recht machen. Sie gängelte ihn wie ein Kind, ließ ihm keine freie Entscheidung. Kein Wunder, dass er diesen Ausweg gewählt hatte! Sie war eine Miesmacherin, ein Spielverderber.

Frieda erkannte, was in mir vorging. Sie drückte mir meinen Mantel in die Hand, es war noch früh im Jahr und kühl.

„Raus mit dir!", sagte sie. „Mach einen strammen Spaziergang. Geh an den Strand, laufe gegen den Wind. Wenn's sein muss, schrei alles aus dir heraus. Wenn du zurückkommst, sprechen wir uns."

Und ich tat es. Es wehte ein starker Westwind. Ich musste mich vorbeugen, um gegen den Wind anzulaufen. Das Meer toste, Schaumkronen schlugen den Wassersaum auf. Ich konfrontierte den Wind und die Wellen mit meiner Wut und meinem Wissen, forderte sie heraus, mir zu widersprechen. Jede Ungerechtigkeit, jeden Streit führte ich auf.

Der Sturm riss mir die Worte aus dem Mund und trug sie in die Welt. Gut so. Alle sollten wissen, was ich dachte.

Als ich nach Hause kam, fühlte ich mich leer, wie ausgeschöpft. Ich ging nach oben und setzte mich zu Vater. Ausnahmsweise war niemand im Raum. Ich nahm seine kalte Hand in meine.

„Danke für alles", flüsterte ich. „Musstest du wirklich schon gehen?" Er antwortete nicht, aber ein tiefer Frieden füllte mich.

Ich weiß nicht, wie lange ich dort saß. Irgendwann war Frieda da. Ganz leicht strich sie über meine Haare, und endlich konnte ich weinen.

„Komm", sagte sie schließlich leise. „Es ist Zeit, dass du etwas isst."

Ich konnte nichts essen, keinen Bissen würde ich runterbringen, aber ich ging mit. Ich setzte mich an den Esstisch, an dem Vaters Platz leer stand.

Irgendwann fing Frieda an zu sprechen.

„Wisst ihr noch?", begann sie und erzählte von etwas, worüber sie und Vater gesprochen hatten, als sie das letzte Mal hier war. Es war, als ob das Eis auf der Nordsee von einem warmen Strudel erfasst wurde und langsam aufbrach. Auf einmal fiel allen etwas ein. Vater war wieder da. Er lachte mit uns. Wie ein durchsichtiger Flaschengeist schwebte er über seinem Stuhl, bebte, wenn er sich freute, wand sich, wenn wir traurig wurden, als schmerzte es ihn, dass er uns weh tun musste.

Irgendwann, während der hektischen Tage nach Vaters Tod und bevor wir uns zur Bestattung bereitmachten, nahm Frieda mich zur Seite. Immer wieder hatte ich in den letzten Tagen meine Mutter beobachtet. Wenn sie sich mit dem Bestatter besprach, dem Pastor genaue Instruktionen gab, mit den Wirtsleuten telefonierte, wo wir uns zum „Leichenschmaus", wie ich es verächtlich nannte, treffen sollten. Noch am selben Abend, nachdem Vater seine letzte Tour gefahren war, hatte sie einen Ersatzfahrer gefunden. Einen pensionierten Busfahrer, der schon vorher ab und zu eingesprungen war, wenn es in der Saison besonders viel zu tun gab.

„Keine einzige Fahrt brauchen wir absagen", sagte sie erleichtert am Abendbrottisch. „Und Hein Mütts Schwester kommt und macht den Telefondienst."

Meine Schwestern und ich sahen uns entsetzt an. Wie konnte Mutter sich um so etwas Gedanken machen? Es schien mir so respektlos, so typisch, dass Mutter ans Geschäft dachte, wenn wir vor Schmerz zu zerbrechen drohten. Mir waren im Anwaltsbüro sofort freie Tage angeboten worden, und meine ältere Schwester hatte ihrem Mann Bescheid gesagt. Ich sah Friedas Augen auf mir ruhen und sah trotzig an ihr vorbei. Ich war inzwischen zu groß, um auf ihrem Schoß im Lehnstuhl zu hocken; aber sie fand mich im Garten.

„Nun sag' mir mal, was los ist?", fragte sie geradeheraus.

Ich war froh, all das, was sich in mir aufstaute, rauszulassen. Ich habe nachgedacht, sagte ich. Man hätte ja sehen können, dass alles darauf hinausführe.

„Worauf?", fragte Frieda und runzelte die Stirn.

Ich zupfte an einer Hortensienblüte vom letzten Sommer. Na ja, dass Vater einginge. Langsam abgestorben sei er. „Die ewige Kritik. Immerzu hat sie ihn gedrängt, mehr Touren anzubieten, mehr Werbung zu machen. An die Zukunft zu denken." Mutter war immer so streng, so unbeugsam und oftmals unfair. In unserer Familie war zu wenig Fröhlichkeit, zu wenig Gelächter. Es wurde schnell gerügt, selten gelobt. Mutter strafte uns nicht mit Schlägen, sondern mit ihrer Enttäuschung. Wären Schläge nicht besser gewesen? Um ihrer Enttäuschung gerecht zu werden, konnte man sich nie genug anstrengen, ganz gleich was man tat, es schien nie ganz genug zu sein. Ich sehnte mich nach Zärtlichkeit. Nach einem Beweis, dass ich geliebt wurde. Ging es Vater nicht womöglich genauso? Ich ließ meinem Unmut freien Lauf und Frieda hörte zu.

„Ich verstehe, was du sagst", sagte sie, als mir endlich nichts mehr einfiel. „Das sind Fehler, für die unsere Generation verantwortlich ist. Zärtlichkeit und Liebe – das sind Begriffe, mit denen wir nicht viel anfangen konnten. Wir dachten immer, wenn man die Kinder vorzeigen konnte, sie gut erzogen waren, sauber und ordentlich, und genügend zu essen bekamen, das war Liebe." Sie streifte mit ihrer Fußspitze die Schneeglöckchen, die mit ihren glockenförmigen Blüten zu läuten schienen. Sie hatten sich durch den Frost und den späten Schneefall durch die harte Erde gekämpft und standen in kleinen Grüppchen. „Wahrscheinlich hat deine Mutter auch nicht die Zuwendung erfahren, die du einforderst." Sie zögerte. „Bis sie deinen Vater traf. Er war kaum vom Schiff getreten, einer der vielen Heimkehrer nach dem Krieg, als die beiden sich trafen. Verliebt waren die ineinander, das hättest du sehen müssen."

Widerstrebend dachte ich an die Blumen, die Vater ihr manchmal auf den Frühstückstisch stellte. Nur so, ohne besonderen Grund. Die Hand, die ihr kurz übers Haar strich. Wie er ihr manchmal den Staubwedel aus der Hand nahm, weil im Radio ein Walzer erklang. Ihre Proteste, die dann in Lachen übergingen, wenn sie nachgab und sich durchs Zimmer schwingen ließ.

„Ihr jungen Mädels denkt nur an die Heirat! Das ‚Happy End' nennt ihr das, oder? Aber nach der Heirat, da fängt das Leben doch erst richtig an."

Ich muss sie wohl erstaunt angesehen haben.

„Zwei ganz unterschiedliche Menschen müssen zusammenleben. Das bedarf großer Anpassung. Da ist Liebe nicht immer genug. Ja, guck du nur! Nur weil keiner für mich übrig war, bedeutet das noch lange nicht, dass ich keine Augen im Kopf hatte! Ich brauchte nur für mich selbst sorgen, trug Verantwortung nur für mich. Andere, Frauen wie deine Mutter, die hatten einen Mann, Kinder, Schwiegereltern, einen großen Haushalt, für den sie sorgen mussten."

Friedas Worte regten etwas in mir. Ich war immer zu vertieft in meine eigenen Spiele gewesen, oder ich war mit meinen Freunden unterwegs; ich achtete nie darauf, wie Mutter ihren Tag verbrachte. Sie war da, wenn ich sie brauchte. Mittags stand unser Essen auf dem Tisch, wenn wir aus der Schule nach Hause kamen. Sie hielt uns an, unsere Hausaufgaben zu machen, und erwartete, dass wir abends um sechs zu Hause waren. Wenn wir sie brauchten – selten –, war sie in der Küche oder in dem kleinen Kabuff neben Vaters Büro, in dem sie die Buchhaltung erledigte und Telefongespräche annahm, wenn Vater unterwegs war. Unsere neue kleine Schwester stand dann im Kinderwagen neben ihr oder bei schönem Wetter auf dem Hof vor ihrem Fenster. Dass sie auch einkaufen ging, Wäsche wusch, Großmutter half, Gemüse im Garten zog, Marmelade einkochte oder zum Sonntag Kuchen buk, entging mir meistens. Erst jetzt fiel mir auf, wie rastlos Mutter für uns alle gesorgt hatte. Nur ein halbes Stündchen Mittagsruhe erlaubte sie sich; und wie oft störten wir die, weil wir uns über ein Radiergummi stritten oder meine große Schwester meine Schönschrift bemäkelte.

„Und nicht nur das", sagte Frieda leise. Sie erklärte mir, wie hart Mutter hatte mitarbeiten müssen, um Vaters Geschäft aufzubauen. „Und wer von uns wusste schon, was er im Krieg erlebt und gesehen hatte? Alle Männer trugen damals ihr Päckchen! Einige ertränkten ihre Ängste im Alkohol. Andere vergaßen sich und schlugen ihre Frauen und Kinder. Dein Vater wurde manchmal von der Melancholie heimgesucht." Frieda benutzte den alten Ausdruck – Melancholie; das klang irgendwie romantisch, nicht so abschätzend wie Depression. „Und kein Wunder war es", fuhr sie fort. „Die hatten doch die Köpfe der jungen Männer vollgepfropft mit Versprechungen. Deutschland sollte ein Weltreich werden! Ruhm sollten sie ernten, Helden sein. Voller Stolz zogen sie aus – und kamen heim als Verlierer. Nicht nur das, die Guten, so wie dein Vater, die merkten doch, wie viel Böses da ausgerichtet worden war. Die immense Schuld, die sie trugen. Da half es auch nichts, wenn man ihnen sagte, sie seien zu jung gewesen, hätten Befehlen gehorcht ..." Frieda schnäuzte sich ärgerlich. „Als dein Vater endlich heimkam, war er nicht bereit, in das Geschäft deines Großvaters einzutreten. Im Krieg war er der Fahrer irgendeines Majors gewesen, er liebte das Autofahren. Da hatte deine Mutter die Idee mit Bustouren. Angefangen haben sie mit einem reinen Fuhrunternehmen, aber das war deinem Vater nicht genug. Etwas extravagant war er immer gewesen, und in Amerika hatte er gelernt zu träumen."

Ich wusste, Vater war als Kriegsgefangener in Amerika gewesen.

„Aber es war deine Mutter, die seine Träume umsetzte. Sie trat an die Kurheime und die Hotels heran, arbeitete Touren und Strecken aus. Sie recherchierte die Inselgeschichte, die dein Vater dann so charmant vorzutragen wusste, wenn er seine Kunden über die Insel kutschierte, und sie verhandelte mit den Cafés, wo zu einer Kaffeepause angehalten wurde."

Daran erinnerte ich mich gut. Sonntags durften meine Schwester und ich oft mitfahren, wenn Vater eine Tour fuhr. Er setzte uns dann auf die Stufen vorn am Einstieg – es war lange, bevor wir von Sicherheitsgurten hörten – und wir ließen uns einlullen vom Motorengeräusch und Vaters Stimme, die geduldig die Namen der Sehenswürdigkeiten wiederholte und die Geschichten der mutigen Friesen vortrug, von den Spuren der Eiszeit, der Bronzezeit und den Wikingern berichtete und das Alter unserer Kirchen so beiläufig erwähnte, dass die Zuhörer jedes Mal ihr Staunen ausdrückten.

Er beschrieb die Schätze, die angeblich in den Hünengräbern geruht hatten, und erläuterte unsere Sitten und Feste. Wir harrten aus, bis der Bus irgendwann eine anmutige Kurve fuhr und Vater die Bremsen fest anzog, um seine Gäste einzuladen, eine Pause im besten Eiscafé in Deutschlands Norden einzulegen.

Der Besitzer war ein Freund unseres Vaters. Wie Vater hatte er im Krieg gedient, allerdings in der Marine. Schon im Frieden war er zur See gefahren und hatte erstaunliche Funde von seinen Fahrten mitgebracht. Er hatte die Wände und Decken des Cafés mit seinen Souvenirs – urtümlichen Masken, Flaggen, Seekarten, Waffen Eingeborener, Modellschiffen und vielem mehr – bedeckt. Und er bereitete die leckersten Eisbecher, denen er exotische Namen wie „Madeira" oder „Hawaii" gab, die an all die Länder und Häfen erinnerten, die er angesteuert hatte. Wenn mein Vater seinen alten Freund begrüßte, war er ein anderer. Nicht mehr der Vater, der meine Mutter verehrte, sich aber auch vor ihr duckte; nicht mehr der joviale Tourleiter und der versierte Busfahrer, der seinen Bus auch durch die engsten Marschwege steuern konnte – er wirkte dann jungenhaft und irgendwie männlicher. Da war ein Bündnis zwischen diesen beiden Männern, das meinen Vater stark und mich stolz auf ihn machte. Sie sprachen Plattdeutsch miteinander, aber es war nicht nur das, was ihn anders klingen ließ. Es war, als ob sie eine eigene Sprache entwickelten, und sie deuteten Erlebnisse, Orte und Länder an, von denen wir Vater sonst nie erzählen hörten.

„Willi und ich sind alte Kameraden", sagte Vater dann, wenn er sich zu meiner Schwester und mir an unseren Tisch setzte.

Ich liebte nicht nur das Dekor im Café, ich war auch fasziniert von dem, was sich hinter dem Tresen abspielte. Wie Vaters Freund geschickt mit den Gläsern jonglierte, farbige Liköre abmaß, schäumendes Bier ausschenkte, Tassen mit dampfenden Kaffee oder Tee auf kleinen Tabletts anrichtete, die Schüsselchen mit Würfelzucker oder Kandis nicht vergaß, winzige Sahnetöpfchen dazustellte. Aber am liebsten beobachtete ich, wie er die Eisbecher zusammenstellte: die bunten Eiskugeln, rund und drall, die auf einem Klacks Obst landeten. Die Mandelblättchen oder die Schokosoße, die Kügelchen Krokant, die er verschiedenen Behältern entnahm. Zum Schluss die

Sahnehaube, die er geschickt dem Spritzbeutel entlockte; und dann obenauf das kleine Sonnenschirmchen aus Papier. Ich liebte auch die Kellnerinnen: in Schwarz gekleidet, mit kleinen, weißen Schürzen und riesigen Schleifen, die über ihren Pos thronten. Unter den Schürzchen trugen sie die großen Geldtaschen, die sie zückten, wenn ein Gast zum Zahlen winkte. Wechselgeld fanden sie, fast ohne hinzusehen, nie wirkten sie gehetzt, hatten ein freundliches Wort für jeden Gast, und doch waren sie immer in Eile – schon unterwegs zum nächsten Tisch, wo sie Becher und Tassen einsammelten, Kuchenteller stapelten, die Kuchengabeln exakt ineinanderschoben und schon mit den Armen voller Tabletts und Geschirr in Richtung Küche dampften.

Ich nahm mir vor, eines Tages hier zu arbeiten, ich konnte mir nichts Schöneres vorstellen. Aber als die Zeit kam, hörten meine Eltern von einer Lehrstelle in einer Anwaltspraxis, und statt zu servieren, legte ich Akten ab und hämmerte Ernsthaftes in klappernde Schreibmaschinen. Meine Mutter war stolz auf mich und es kam mir nicht in den Sinn, mich aufzulehnen.

Komischerweise war es oft nach einem Besuch in dem Eiscafé oder nach einem von Vaters seltenen Kneipenbesuchen, wo er am Stammtisch auf „alte Kameraden" traf, dass Vater, wie Tante Frieda es ausdrückte, „von seinen Dämonen heimgesucht wurde". Es kam dann vor, dass er am nächsten Tag nicht aufstand, sondern im verdunkelten Zimmer, die Bettdecke über den Kopf gezogen, blieb. Mutter murmelte dann etwas von Kopfschmerzen und zog ihr graues Kostüm mit der hellblauen Bluse an, um sich selbst in den Bus zu setzen. Damals wusste ich noch nicht von der Verbindung zwischen „Kameraden" und dem Krieg, den Vater mitgemacht hatte.

„Die Männer wurden heimgesucht von ihren Erinnerungen", erklärte Tante Frieda es mir viele Jahre später. „Dann kam die Angst hoch, die sie so lange hatten verdrängen müssen. Der Hunger und die körperlichen Überanstrengungen, denen sie ständig ausgesetzt wurden. Die grausamen Metzeleien, die sie bezeugt, vielleicht selbst ausgeführt hatten. Kameraden oder Feinde, von Granaten zerfetzt. Dazu dann noch die Demütigungen, die sie als Kriegsgefangene erfuhren, das holte sie ein."

Ich erinnerte mich an gurgelnde Schreie in der Nacht, wenn Mutter Vater wachrüttelte und beruhigend auf ihn einredete. Zu uns sprach sie vage von Albträumen.

„Deine Mutter hatte einen Mann geheiratet, der ihr wie ein Star aus einem Kinofilm vorkam! So anders als die Männer, die zu Hause geblieben waren. Dein Vater hatte sich von den Amerikanern einiges abgesehen. Schick sah er aus und tanzen konnte er! Als sie heiratete, dachte sie, sie würde glücklich bis an ihr Lebensende sein! Ja, und dann musste sie den Busführerschein machen, um für deinen Vater einzuspringen, wenn er seine trüben Tage hatte. Und den Haushalt führen, euch Kinder großziehen und das Geschäft leiten. Als ihr klein wart, hat sie abends noch über den Büchern gehockt. Immer war da die Angst, dass nicht genug Geld da sein würde. Woher sollte sie da noch die Kraft für Firlefänzchen nehmen?" Damit meinte Frieda wohl die Streicheleinheiten und Schmeicheleien, die Eltern heute so großzügig ihren Kindern zukommen lassen. „Ihr wart stets sauber und ordentlich gekleidet, ihr bekamt zu essen und wurdet gut erzogen. Natürlich liebten eure Eltern euch, aber so was wurde damals nicht an die große Glocke gehängt." Frieda sah mich nachdenklich an, fast schwang ein bisschen Trauer in ihrer Stimme mit.

Ich beeilte mich, ihr zu versichern, dass ich immer ihre Liebe gespürt hätte.

„Dann vergib mal deiner Mutter, was immer für Fehler du meinst, entdeckt zu haben. Sie reißt sich jetzt zusammen – so oft habe ich das schon gesehen nach einem Todesfall. Sie hat Angst, dass ihr womöglich alles verliert! Alles, was sie und dein Vater aufgebaut haben, hängt davon ab, dass das Geschäft weiterläuft. Sie *muss* sofort jemanden finden, der die Busse fährt. Und sie schafft sich Raum, indem sie Hein Mütts Schwester ins Büro ruft. Je mehr wir ihr jetzt beistehen, desto leichter wird es für sie, irgendwann Zeit zu finden, ihre Trauer zuzulassen. Ihr Leben ohne deinen Vater zu beginnen." Sie bückte sich und pflückte einen kleinen Strauß Schneeglöckchen. „Da, trag die hinein. Ich bleib noch ein Weilchen. Ich möchte noch eine rauchen."

Tante Frieda hatte das Rauchen, dass sie „im Krieg gelernt hatte", nie aufgegeben. Inzwischen rauchte sie aber nur noch draußen. Ihre Worte hatten mich ernüchtert. Nicht sofort, aber langsam begann ich, meine Mutter in einem anderen Licht zu sehen.

Als wir aufbrachen, um Vater das letzte Geleit zu geben, hatte Frieda es geschafft, dass wir uns als Familie auf den Weg machten. Es ist schwer in Worte zu fassen: Sie hatte uns meinen Vater wiedergegeben. Sie hatte das Muster unseres Lebens aufgerebbelt und neu verstrickt. Sie hatte Fehler berichtigt und längst verlorene Maschen aufgehoben. Stolz und aufrecht begleiteten wir ihn zur letzten Ruhe. Die Wunden, die sein Tod geschlagen hatten, würden langsam heilen. Alles, was unerledigt, unausgesprochen war, darum würden wir uns mit der Zeit sorgen.

Mutter rief jetzt öfter an. Sie hatte nichts davon hören wollen, dass ich auf die Insel zurückzöge. Ich hatte es ihr angeboten, obwohl da ein junger Anwalt in die Firma eingetreten war, der mir gefiel. Er hatte mich schon zweimal eingeladen.

„Du musst *dein* Leben leben", sagte sie und erzählte von den Tagesausflüglern, von Hein Mütt, der sich mit dem neuen Busfahrer stritt, und wie sie mit dem Buchhaltungssystem zurechtkam, das wir in unserer Kanzlei eingeführt hatten und von dem ich ihr berichtet hatte. Sie hörte zu, wenn wir von uns erzählten. Unsere jüngste Schwester machte ihr

Abitur, und nachdem sie ein wenig in Cafés gejobbt hatte und ihrer Abschätzung nach „gefühlt mehrere hundert Ferienwohnungen" geputzt hatte, zog sie aufs Festland und begann zu studieren. Mutter meldete sich für einen Computerkurs in der Volkshochschule an.

Dann trat Tante Frieda in den Ruhestand. Sie erniedrigte sich nicht, indem sie von der Rente sprach, die ihr nun zustand – sie trat in den „Ruhestand", als hätte sie dem Hotel während der vielen Jahre ihrer Anwesenheit einen Gefallen getan. Und sie wurde mit einer „ehrenvollen Abschiedsfeier" bedacht, die ihren Vorstellungen genügend entsprach. „Eine sehr schöne Feier", sagte sie mit einem selbstgefälligen Schmunzeln. „Natürlich nur, was sie mir schuldeten." Wenn man sie hörte, hätte man denken können, sie allein habe dem Etablissement zu seinen fünf Sternen verholfen.

Für eine Weile machte es ihr Freude, ihren „Haushalt zu sortieren", alte Briefe zu lesen, an der Elbe spazieren zu gehen und die Traueranzeigen zu verfolgen. Aber bald fehlten ihr die täglichen Anforderungen, die ihr Beruf ihr beschert hatte. Da ließ sie ihre Möbel und mehrere Kisten mit ihrem „Habe" auf einen Transporter laden und zog zurück auf ihre Heimatinsel.

Mutter hatte sie eingeladen, in die Räume zu ziehen, die Großmutter bis zu Vaters Tod bewohnt hatte. Von uns allen unerwartet, hatte sie sich dann entschlossen, in eine Seniorenanlage in ihrer ehemaligen Heimat zu ziehen, wo auch ihre Schwester lebte.

Wie Großmutter lebte Tante Frieda ruhig, ohne viel Aufhebens zu machen. Sie drängte sich nie auf und war da, wenn wir sie brauchten. Mutters Verhältnis zu unserer Großtante änderte sich. Sie wurden Freundinnen und mit der Zeit Vertraute. So blieb unser Heim gerade das: ein Ort, an den wir gern zurückkehrten, wo wir uns erholten und Kraft tanken konnten.

In den Fotoalben unsere Familie ziehen die Jahre nicht spurlos an uns vorbei. Aus putzigen Kindern werden schlaksige Teenager. Geburtstage, Konfirmationen, Schulabschlüsse tauchen in schöner Regelmäßigkeit auf. Es gibt Hochzeitsfotos in allen Variationen, und neue Generationen von Säuglingen und Kleinkindern treten auf. Unsere Taillen verlieren ihre Kurven und um die Hüften werden wir breiter. Gesichter, die einst frisch und jung waren, Hoffnung ausstrahlten, zerknittern und bilden Falten. Haar, einst voll und glänzend, wird dünn und spröd. Die Kleider der Damen spiegeln die verschiedenen Moderichtungen wider – Säume klettern nach oben und reisen wieder herunter. Röcke werden weiter und dann wieder eng. Hüte verschwinden ganz und gar. Frisuren erfinden sich von Seite zu Seite neu, mal lang und wild flatternd, mal so kurz, dass man sich um die Gesundheit des Trägers sorgen muss. Mal taucht ein natürlicher Lockenkopf künstlich geglättet auf, mal ein von Geburt mit glatten Haaren Gesegneter künstlich gekräuselt. Recht abenteuerliche Schattierungen treten auf, die man nicht immer als „vorteilhaft" bezeichnen kann. Die Einzige, die unverändert bleibt, ist Großtante Frieda. Ihr Gesicht, ihre Figur, ihre Haltung – ja ihre Kleidung – ändern sich nicht. Fast würde man meinen, ein geschickter Fotograf hätte ihr Bild in unsere Familienschnappschüsse eingeblendet. Man sieht sie zum Anlass von „Doras Ableben" im Jahre 1973 und im folgenden Herbst im Friesenkrog anlässlich der Trauerfeier von „Hildas Mann", einem so ruhigen, zurückhaltenden Menschen, der sich stets im Hintergrund hielt, so dass sich niemand von uns bemühte, sich seines Namens zu erinnern. Hier ist Frieda, die einen neu errichteten Gedenkstein zu Ehren des Amtsherrn Jürgen Jürgensen betrachtet, dessen Anstrengungen bei der Flutkatastrophe 1962 wir verspätet gedenken, und bei „Werners Seebestattung" im April 1975. Ich kann mich nicht an einen Werner erinnern, aber er muss wohl bei den Damen sehr populär gewesen sein. Jedenfalls sieht man Frieda und einen Klüngel von etwa zehn Damen ihres Jahrgangs, die sich kichernd und ihre Pelzkragen klammernd an der Reling eines deutlich schwankenden Motorbootes festhalten. Und so geht es weiter bis zu ihrem eigenen Tode im Jahre 1982.

Wie sie es selbst von sich erwartet hätte, verschied Frieda an einem herrlichen Nachmittag im Spätherbst, gerade als die letzten Blätter goldgelb von den Bäumen fielen und Erntedank-Kränze die Kirche schmückten. Das Datum ihres Todes ist eingemeißelt in einen Granitstein auf dem Friedhof, den sie zu Lebzeiten so gern und oft besuchte.

Während ich Fotos für den 21. Geburtstag meines Neffen heraussuche, finde ich ein Foto, in dem Tante Frieda den Tod unseres Vetters Alfred betrauert.

Alfred starb im Alter von 97 Jahren. Er war ein Kind des „neuen Jahrhunderts", geboren am 1. Januar 1900, und hatte fest erwartet, auch das 21. Jahrhundert zu begrüßen. Eine schlecht durchdachte Ausfahrt auf seinem Fahrrad an einem frostigen Dezembermorgen machte ihm einen Strich durch die Rechnung. Die Straße war glatt und Vetter Alfred – nie ein sehr sicherer Radfahrer – einer ihm gewohnten Schlangenlinie folgend, eierte in den Weg des Bäckers Lieferwagen. „Fahrradfahrer außer Kontrolle – tragischer Unfall" lasen wir am folgenden Tag in unserer Zeitung. Der knapp 30-jährige Fahrer des Bäckerwagens trat so hart auf die Bremse, als Vetter Alfred sich näherte, dass er die Gewalt über sein Gefährt verlor und ins Schleudern kam. Es kollidierte mit dem Postwagen, streifte einen Lampenpfahl und wickelte sich schließlich um eine 100-jährige Ulme. Der Schatten des hilflos schlingernden Wagens, der ihn vielleicht an die Autoscooter auf dem Jahrmarkt erinnerte, die er immer so gern benutzte, blieb Alfred nicht unbemerkt. Ob er das Kreischen der Bremsen oder das ohrenbetäubende Krachen des Metalls oder das Geräusch der zersplitternden Windschutzscheibe hörte, ist fraglich. Vetter Alfred war stocktaub. Seine Taubheit und schlingernden Radtouren mit unberechenbaren Abbiegern hatten den Chefredakteur unserer Zeitung sogar einmal dazu verführt, in einem Leitartikel zu verlangen, dass Fahrradfahrer nach einem gewissen Alter auf ihre Fahrtüchtigkeit geprüft und notfalls von unseren Straßen verbannt werden sollten. Da die Inselbevölkerung aber zu einem großen Teil aus Rentnern besteht und sich auch die sommerlichen Kurgäste oft nach langer Pause einmal wieder aufs Fahrrad setzen, um die Insel ohne Rücksicht auf gängige Verkehrsregeln zu erkunden, musste er klein beigeben. Es wurde sogar erzählt, dass eine Delegation entrüsteter Insulaner in vorgeschrittenem Alter ihre Abos zu kündigen gedroht hatte, würde er nicht einen Rückzieher machen. Immerhin versprach der Bürgermeister eine strengere Überwachung. Wer genau dafür verantwortlich sein sollte, die sowieso überlastete Polizei, das Verkehrs- oder das Ordnungsamt oder gar das Standesamt, das eine Liste der über 80-Jährigen zusammenstellen könnte, war noch nicht entschieden.

So hat Alfred mehrere hektische Debatten und Diskussionen, nicht nur im Stadtrat, ausgelöst und geistert weiterhin durch unsere Köpfe.

Ich habe den Verdacht, dass Frieda hier irgendwie die Hand im Spiel hat, sie hätte ihren Spaß an der Sache gehabt. Alfred selbst hat sich der Affäre entzogen: Abgelenkt und empört durch die tollkühnen Fahrweisen der Jugend, vergaß er, sein Fahrrad auf seiner gewöhnlichen S-förmigen Route zu halten. Anstatt den Lenker von rechts wieder nach links zu steuern, fuhr er geradeaus. Diese kurzfristige Unaufmerksamkeit bedeutete, dass sein Vorderreifen sich in einem Schlagloch am Rande der Straße verhakte. Mit wedelnden Armen und Beinen, die er schwang wie ein Vogel auf seinem ersten Ausflug, segelte Vetter Alfred über den Lenker seines Fahrrads und flog Kopf zuerst in den Straßengraben. Hierfür gab es einen Augenzeugen: einen kleinen Jungen, der sich verspätet auf dem Schulweg befand und die ganze Angelegenheit in zeitlupenartigem Detail wiedergeben konnte. Dies tat er freiwillig auf Anforderung mehrere Dutzend Male, bis wir uns wirklich alle ein Bild von Vetter Alfreds letzter Fahrt machen konnten. Wäre es im Herbst passiert, wäre der Aufprall von dem trockenen Herbstlaub und dem Unkraut, das normalerweise im Graben wächst, aufgefangen worden und Alfred wäre mit einer Beule davongekommen. Aber der Graben war erst kurz zuvor frisch ausgehoben und gereinigt worden. Nach ungewöhnlichen starken Regenfällen hatte sich dort Wasser gesammelt, das unter einer dünnen Eisschicht ruhte. Infolgedessen sank Alfred, nachdem er die Eisdecke mit seinem nussförmigen Kopf durchbrochen hatte, in eine Wasserlache. Er muss wohl das Bewusstsein verloren haben, denn der kleine Junge wartete vergeblich darauf, dass Alfred von seinem unzeitgemäßen Bad auftauchte. Vetter Alfred ertrank, nur etwas über zwei Jahre vor seinem 100. Geburtstag.

Jedoch sehen wir hier ein Foto von Frieda, die nachdenklich den Unfallort begutachtet, obwohl wir sie doch 1982 begraben haben.

Übrigens erholte der Fahrer des Bäckerwagens sich relativ schnell. Er trug nur eine Schramme an der Stirn davon, während das Auto mit einem Vollschaden abgeschrieben werden musste. Der Postwagenfahrer kam mit dem Schrecken davon, aber die Post wurde an dem Tag mit mehreren Stunden Verspätung ausgeliefert, und der kleine Junge fing an, eine Karriere als Stuntman im Film zu planen – inspiriert von unserem Vetter Alfred. In der Zukunft wird man wahrscheinlich von ihm hören als furchtlosen Ausführer der verwegensten Tricks.

Und nun durchblättere ich Mutters Alben mit größerer Aufmerksamkeit, und finde Frieda, wie sie meine arthritische Patentante Gerda auf der Kundgebung zum 1. Mai unterstützt. Es ist 1992. Und da ist sie doch, halb versteckt hinter dem törichten Hut meiner Schwiegermutter, die für Kopfbekleidung nie einen guten Griff hatte, am sechsten Jahrestag der Wiedervereinigung, 1995. Und sind das nicht die wohlgeformten Knöchel, die immer noch schlanken Beine, bedeckt von schwarzen Strümpfen, die typischen Lederpumps, die nur Friedas sein können?

Der Rest von ihr ist hinter Schwager Wilfrieds voluminösen Mantel verborgen. Da stehen sie dicht an dicht bei einem Gedenk- und Dankesgottesdienst für die, die ihre Leben aufs Spiel setzten – und manch feucht-fröhliche Stunde im Dienste der Lebensrettungsgesellschaft verbrachten. Eine Aufnahme, die im letzten Jahr mit Hilfe der brandneuen Digitalkamera meiner Schwester gemacht wurde.

Natürlich, warum hätte Frieda nicht auch die Besuche bei uns fortführen sollen, die ihr immer solche Freude bereitet hatten? Ich kann nur annehmen, dass sie sich dort oben ab und zu beurlauben lässt, um kurze Stippvisiten auf ihrer Heimatinsel zu arrangieren.

An jenem Tag, auf der langen, kurvenreichen Landstraße, folgte ich einem plötzlichen Impuls. Ich wendete meinen Wagen und zügig fahrend hatte ich bald das Ende der Kortege erreicht. Ich passte mein Tempo dem des Trauerzuges an und setzte ein entsprechend gefasstes Gesicht auf. Wir fuhren noch zwei oder drei Kilometer und bogen dann in eine sauber gepflasterte Einfahrt ein. Schmiedeeiserne Tore hatten sich einladend geöffnet, aber hohe Mauern zu beiden Seiten verwehrten einen weiteren Einblick. Wir fuhren den von Rosenbäumchen begrenzten Weg entlang, bis der Zug in einer sanften Schleife auf dem Parkplatz zu stehen kam. Und da gab sich mir der Blick frei. Ich hatte eine Kirche oder zumindest eine Kapelle erwartet, aber der Leichenwagen war vor einem achteckig anmutenden, flachdächigen Gebäude vorgefahren. „Königreichssaal" stand in dezenten Lettern über dem Eingang.

Ein Königreichssaal! Ich konnte meinem Glück kaum trauen.

Ich wartete, bis alle Trauergäste ausgestiegen waren, erst dann schloss ich mich an. Ich wollte eigentlich in einer der hinteren Reihen Platz nehmen, aber anscheinend wurde ich mit jemandem in offizieller Position verwechselt. Eine gehetzt aussehende Dame drückte mir einen Stapel Gesangsbücher in die Hand und wies mich mit einer Geste an, diese zu verteilen. Das tat ich natürlich – mit demselben Dekorum, das ich so oft an Tante Frieda hatte beobachten können.

Später, gestärkt durch ein ausgezeichnetes Kaffeetrinken, bereichert durch interessante Gespräche mit Trauergästen und Familienangehörigen, nahm ich meine Fahrt wieder auf.

An jenem Tag beschloss ich, geschäftlich zu expandieren: Ich wollte mich fort an auch als Bestattungsbegleiterin anbieten. Anstatt ein Taxi zu mieten oder einen Platz als Mitfahrer in einem Privatwagen zu ergattern, könnten Trauernde sich von mir zu Beisetzungen kutschieren lassen. Dafür würde ich natürlich unseren Privatwagen, eine dunkle Limousine, benutzen. Mir schwebten schon die Visitenkarten vor, die ich für diesen Dienst drucken lassen würde. Dezent, mit dem Emblem einer Bestattungskutsche, wie ich sie aus meiner Kindheit erinnerte, und der Beschriftung: *Friedas Bestattungsbegleitung.*